Aquela água toda

CB125689

JOÃO
ANZANELLO
CARRASCOZA

Aquela água toda

ALFAGUARA

Copyright © 2018 by João Luis Anzanello Carrascoza

Grafia atualizada segundo o Acordo Ortográfico da Língua Portuguesa de 1990, que entrou em vigor no Brasil em 2009.

Capa e projeto gráfico
Alceu Chiesorin Nunes

Ilustrações de capa e miolo
Visca

Preparação
Ana Kronemberger

Revisão
Adriana Moreira Pedro
Thaís Totino Richter

Os personagens e as situações desta obra são reais apenas no universo da ficção; não se referem a pessoas e fatos concretos, e não emitem opinião sobre eles.

Dados Internacionais de Catalogação na Publicação (CIP)
(Câmara Brasileira do Livro, SP, Brasil)

Carrascoza, João Anzanello
Aquela água toda / João Anzanello Carrascoza. — 1ª ed.
— Rio de Janeiro : Alfaguara, 2018.

ISBN 978-85-5652-023-4

1. Ficção brasileira I. Título.

17-11470 CDD-869.3

Índice para catálogo sistemático:
1. Ficção : Literatura brasileira 869.3

7ª reimpressão

Todos os direitos desta edição reservados à
EDITORA SCHWARCZ S.A.
Praça Floriano, 19, sala 3001 — Cinelândia
20031-050 — Rio de Janeiro — RJ
Telefone: (21) 3993-7510
www.companhiadasletras.com.br
www.blogdacompanhia.com.br
facebook.com/editora.alfaguara
instagram.com/editora_alfaguara
twitter.com/alfaguara_br

Sumário

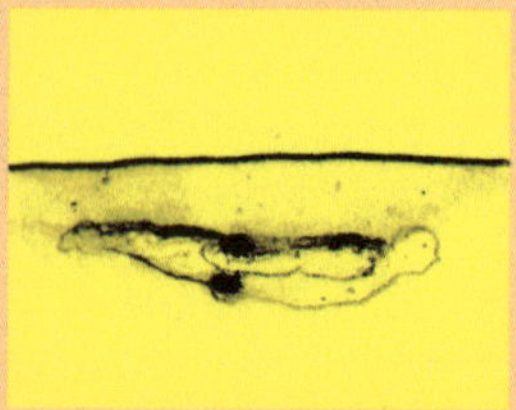
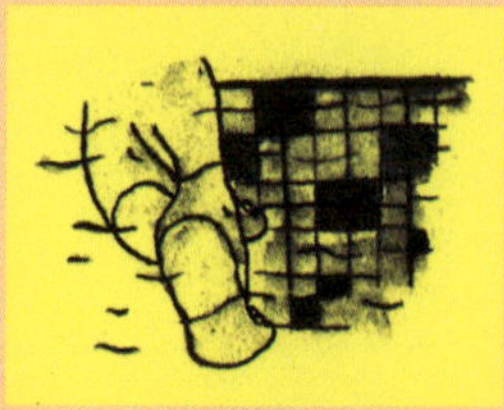

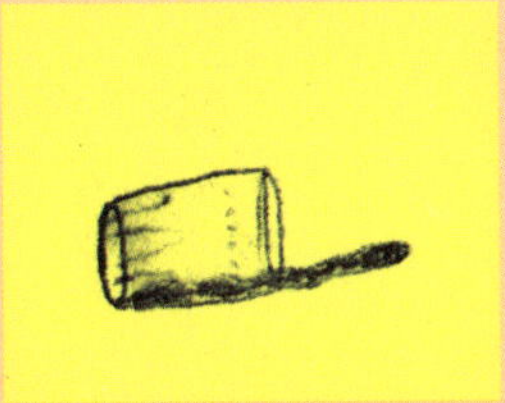

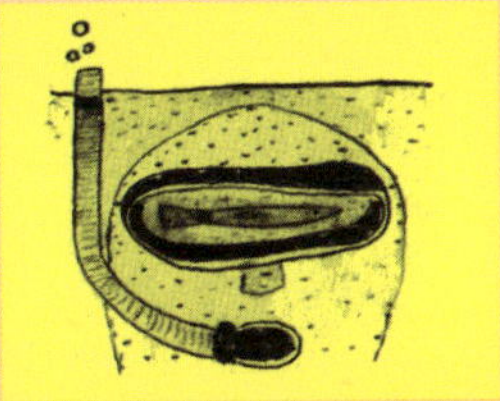

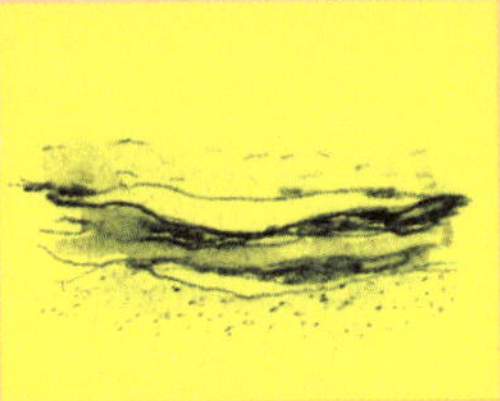

Aquela água toda

Era, de novo, o verão. O menino estava na alegria. Modesta, se comparada à que o esperava lá adiante. A mãe o chamou, e o irmão, e anunciou de uma vez, como se natural: iriam à praia de novo, igualzinho ao ano anterior, a mesma cidade, mas um apartamento maior, que o pai já alugara. Era uma notícia inesperada. E ao ouvi-la ele se viu, no ato, num instante azul-azul, os pés na areia fervente, o rumor da arrebentação ao longe, aquela água toda nos olhos, o menino no mar, outra vez, reencontrando-se, como quem pega uma concha na memória.

É verdade, mesmo?, queria saber. A mãe confirmou. O irmão a abraçou e riram alto, misturando os vivas. Ele flutuava no silêncio, de tão feliz. Nem lembrava mais que podia sonhar com o sal nos lábios, o cheiro da natureza grande, molhada, a quentura do sol nos ombros, o menino ao vento, a realidade a favor, e ele na sua proa...

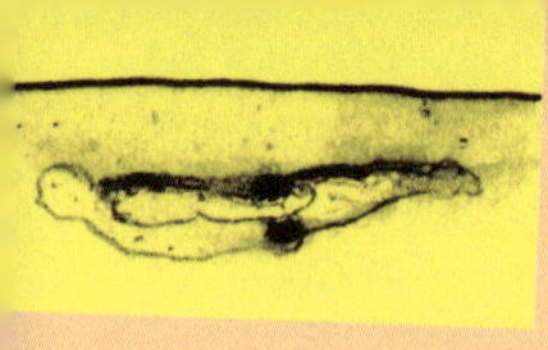

O dia mudou de mão, um vaivém se espalhou pela casa. A mãe ia de um quarto ao outro, organizava as malas, *Vamos, vamos*, dava ordens, pedia ajuda, nem parecia responsável pela alegria que causara. O menino a obedecia: carregava caixas, pegava roupas, deixava suas coisas para depois. Temia que algo pudesse alterar os planos de viagem, e ele já se via lá, cercado de água, em seu corpo-ilha; um navio passava ao fundo, o céu lindo, quase vítreo, de se quebrar. Não, não podia perder aquele futuro que chegava, de mansinho, aos seus pés. O menino aceitava a fatalidade da alegria, como a tristeza quando o obrigava a se encolher — caracol em sua valva. Não iria abrir mão dela. Viver essa hora, na fabricação de outra mais feliz, ocupava-o; e ele, ancorado às antigas tradições, fazia o possível para preservá-la. A noite descia, e mais grossa se tornava a casca de sua felicidade.

Quando se deu conta, cochilava no sofá, exausto pelo esforço de preparar o dia seguinte. Esforçara-se para que, antes de dormir, a manhã fosse aquela certeza, e ela seria mesmo sem a sua pobre contribuição. Ignorava que a vida tinha a sua própria maré. O mar existia dentro de seu sonho, mais do que fora. E, de repente, sentia-se leve, a caminhar sobre as águas — o pai o levava para a cama, com seus braços de espuma.

Abriu os olhos: o sol estava ali, sólido, o carro de portas abertas à frente da casa, o irmão em sua bermuda colorida, a voz do pai e da mãe em alternância, a realidade a se espalhar, o mundo bom, o cheiro do dia recém-nascido. O menino se levantou, vestiu seu destino, foi fazer o que lhe cabia antes da partida, tomar o café da manhã, levar as malas até o carro onde o pai as ajeitava com ciência, a mãe chaveava a porta dos fundos, *Pegou sua prancha?*, ele, *Sim*, como se num dia comum, fingindo que a satisfação envelhecia nele, que se habituara a ela, enquanto lá no fundo brilhava o verão maior, da expectativa.

Partiram. O carro às tampas, o peso extra do sonho que cada um construía — seus castelos de ar. A viagem longa, o menino nem a sentiu, o tempo em ondas, ele só percebia que o tempo era o que era quando já passara, misturando-se a outras águas. Recordava-se de estar ao lado do irmão no banco de trás, depois junto ao vidro, numa calmaria tão eufórica que, para suportá-la, dormiu.

Ao despertar, saltou as horas menores — o lanche no posto de gasolina, as curvas na descida da serra, a garagem escura do edifício, o apartamento com móveis velhos e embolorados — e, de súbito, se viu de sunga segurando a prancha, a mãe a passar o protetor em seu rosto, *Sossega! Vê se fica parado!*, ele à beira de um instante inesquecível.

Ao lado do edifício, a família pegou o ônibus, um trechinho de nada, mas demorava tanto para chegar... E pronto: pisavam na areia, carregados de bolsas, cadeiras, toalhas, esteiras, cada um tentando guardar na sua estreiteza aquele aumento de felicidade. O menino, último da fila, respirava fundo a paisagem, o aroma da maresia, os olhos alagados de mar, aquela água toda. Avaro, ele se represava. Queria aquela vivência, aos poucos.

O pai demarcou o território, fincando o guarda-sol na areia. O irmão espalhou seus brinquedos à sombra. A mãe observava o menino, sabia que ele cumpria uma paixão. Não era nada de mais. Só o mar. E a sua existência inevitável. Sentado na areia, a prancha aos seus pés, ele mirava os banhistas que sumiam e reapareciam a cada onda. Então, subitamente, ergueu-se, *Vou entrar!*, e a mãe, *Não vai lá no fundo!*, mas ele nem ouviu, já corria, livre para expandir seu sentimento secreto, aquela água toda pedia uma entrega maior. E ele queria se dar, inteiramente, como um homem.

Foi entrando, até que o mar, à altura dos joelhos, começou a frear o seu avanço. A água fria arrepiava. Mas era um arrepio prazeroso, o sol se derramava sobre suas costas. Deitou de peito na prancha e remou com as mãos, remou, remou, e aí a primeira onda o atingiu, forte. Sentiu os cabelos duros, o gosto de sal, os olhos ardendo. O desconforto de uma alegria superior, sem remissão, a alegria que ele podia segurar, como um líquido, na concha das mãos.

Pegou outra onda. Mergulhou. Engoliu água. Riu de sua sorte. Levou um caldo. Outro. Voltou ao raso. Arrastou-se de novo pela água, em direção ao fundo, sentindo a força oposta o empurrando para trás. Estava leve, num contentamento próprio do mar, que se escorria nele, o mar, também egoísta na sua vastidão. Um se molhava na substância do outro, era o reconhecimento de dois seres que se delimitam, sem saber seu tamanho.

O menino retornou à praia, gotejando orgulho. O sal secava em sua pele, seu corpo luzia — ele, numa tranquila agitação. E nela se manteve sob o guarda-sol com o irmão. Até que decidiu voltar à água, numa nova entrega.

Cortou ondas, e riu, e boiou, e submergiu. Era ele e o mar num reencontro que até doía pelo medo de acabar. Não se explicavam, um ao outro; apenas se davam a conhecer, o menino e o mar. E, naquela mesma tarde, misturaram-se outras vezes. A mãe suspeitava daquela saciedade: ele nem pedira sorvete, milho verde, refrigerante. O menino comia a sua vivência com gosto, distraído de desejos, só com a sua vontade de mar.

Quando percebeu, o sol era suave, a praia se despovoara, as ondas se encolhiam. *Hora de ir,* disse o pai e começou a apanhar as coisas. A família seguiu para a avenida, o menino lá atrás, a pele salgada e quente, os olhos resistiam em ir embora. No ônibus, sentou-se à janela, ainda queria ver a praia, atento à sua paixão.

Mas, à frente, surgiam prédios, depois casas, prédios novamente, ele ia se diminuindo de mar. O embalo do ônibus, tão macio... Começou a sentir um torpor agradável, os braços doíam, as pernas pesavam, ele foi se aquietando, a cabeça encostada no vidro...

Então aconteceu, finalmente, o que ele tinha ido viver ali de maior. Despertou assustado, o cobrador o sacudia abruptamente, *Ei, garoto, acorda! Acorda, garoto!*, um zum-zum-zum de vozes, olhares, e ele sozinho no banco do ônibus, entre os caiçaras, procurando num misto de incredulidade e medo a mãe, o pai, o irmão — e nada. Eram só faces estranhas.

Levantou-se, rápido no seu desespero, *Seus pais já desceram*, o cobrador disse e tentou acalmá-lo, *Desce no próximo ponto e volta!* Mas o menino pegou a realidade às pressas e, afobado, se meteu nela de qualquer jeito. Náufrago, ele se via arrastado pelo instante, intuindo seu desdobramento: se não saltasse ali, se perderia na cidade aberta. Só precisava voltar ao raso, tão fundo, de sua vidinha...

Esgueirou-se entre os passageiros, empurrando-os com a prancha. O ônibus parou, aos trancos. O cobrador gritou, *Desce, desce aí!* O menino nem pisou nos degraus, pulou lá de cima, caiu sobre um canteiro na beira da praia. Um búzio solitário, quebradiço. Saiu correndo pelo calçadão, os cabelos de sal ao vento, o coração no escuro. Notou com alívio, lá adiante, o pai que acenava e vinha, em passo acelerado, em sua direção. Depois... depois não viu mais nada: aquela água toda em seus olhos.

Cristina

E quando eu não queria mais que a prima Teresa perambulasse pelos meus pensamentos, mesmo quando juntos, conversando no quintal, seu braço a resvalar no meu, seu cheiro entrando nos meus pulmões, e quando eu só a queria comigo, frente a frente, nós dois mudos, sem saber que a vida explodia debaixo da nossa quietude, quando eu a queria real, fora dos meus sonhos, ela voltou para o Rio de Janeiro com a tia Imaculada.

Inconformado, fui atrás da mãe, *Por quê?,* e a mãe, *Porque lá é a casa delas,* e eu, *Mas,* e a mãe, sem desconfiar que eu estava cheio de sombras, disse, *Elas vêm de novo, pro Natal.*

Eu me recolhi todo, o Natal ia demorar demais, uma dor oca no coração, uma vontade de só dormir, de não crescer. A tristeza me envelhecia, e eu não me esforçava para afastá-la. Esquecer a prima, como quem apaga a luz do quarto, era trair o meu sentimento por ela.

Estava jogando bola com meu irmão e o Paulinho, ou empinando pipa com o Bolão, e, de repente, a prima Teresa subia à minha memória e então eu não via mais o sol no sol, nem as árvores nas árvores, tudo o que era continuava a ser, mas sem a quentura do meu olhar, eu era um menino-deserto, e mesmo se me aguassem eu continuaria a ver o mundo atrás de uma camada de verniz, incapaz de aceitar o próprio brilho.

Mas, como a chuva que espera a gente chegar em casa para cair, Cristina esperava a hora de me salvar. Ela estudava na minha classe e, no dia em que a percebi de verdade, descobri — no fundo, pressentia! — que as coisas boas, tanto quanto as ruins, estão o tempo todo ao nosso lado, basta estender a mão para apanhá-las. Era uma aula qualquer, a professora distribuiu cópias de um texto e pediu para ela ler. Cristina começou suavemente — as pernas curtas se movendo abaixo da carteira, sem tocar o chão, como num balanço —, continuou naquela leveza, e eu fiquei olhando pra ela, e me surpreendi por olhá-la daquele jeito, com calor; ela até reparou e, ao terminar a leitura, fez um gesto que me pareceu uma pergunta. Eu não tinha a resposta, e foi aí que ela retirou, como uma planta da terra, a prima Teresa da minha mente e se colocou, inteirinha, no seu lugar.

No dia seguinte, mal abri os olhos, a vida retornou, feliz. As árvores, as casas e o céu se exibiam mais intensos enquanto eu seguia para a escola. Na sala de aula, à minha direita, Cristina me fitava fortemente, eu me senti constrangido, mas também bonito, queria ouvir outra vez a sua voz de sol. E, quando ela disse, ao sairmos para o intervalo, *Me espera, Me espera,* senti que a escuridão estava se limpando de mim e fui andando pelo pátio, sem pressa, ao lado dela.

Sentamos num banco. *Quer um pedaço?,* ela me ofereceu seu sanduíche, *Não, obrigado. Quer um gole?,* e ela, sim, com a cabeça, *Adoro suco de uva!,* e aí conversamos umas miudezas, nós dois ainda um riozinho, só a nossa história deslizando. O Bolão me acenou. Fiz que não vi. O Paulinho e o Lucas cochichavam, dissimuladamente. Algumas meninas nos apontavam. Uma garota veio chamá-la, *Depois eu vou...*, disse, e eu entendi, com aquelas palavras ela estava dizendo que preferia ficar lá comigo. Eu sentia febre, uma febre boa que queria continuar sentindo, a minha vida ali, com a dela, no descuido.

Daí, como se despertasse ao contrário — da realidade para o sonho —, me vi a sós com a Cristina, juntinho, sem ninguém por perto, e tanto me animei ao imaginar essa cena, que, de repente, eu disse, *Quer ir comigo na matinê de domingo?* Mal fiz a pergunta, me encolhi, já sofrendo a sua resposta, com medo da minha esperança, mas ela afastou do caminho as temíveis palavras "Posso pensar até amanhã?" e respondeu no ato, *Quero!*.

Incrédulo, saí correndo para os dias seguintes, que passaram devagar-devagar, e neles, buscando preservar o sigilo do nosso pacto, evitei tocar no assunto com ela, senão com os olhos, que a procuravam e, encontrando-a, fugiam metendo-se pelas coisas afora. À noite, encolhido no beliche, eu demorava a dormir. Inventava tramas heroicas, nas quais — raptada por monstros, alienígenas e extraterrestres — ela gritava por socorro, e eu aparecia imediatamente para salvá-la.

O domingo chegou, enfim, e, ao contrário dos dias anteriores, quando me distraí com os pequenos fatos do cotidiano, fingindo esquecer nosso compromisso, despertei visivelmente ansioso. Empurrava os ponteiros do relógio, construindo no pensamento — em minúcias, antes de sua hora real — o encontro com Cristina.

A sessão era às quatro, às três e meia eu já estava à porta do cinema. Procurei-a entre as pessoas na fila da bilheteria, mas não a vi. Fiquei lá, à sua espera, numa calma falsa, de ator, que eu desconhecia. Se temia que ela não aparecesse, temia mais pelo momento de encontrá-la, queria saltar essa etapa e me ver logo ao seu lado, assistindo ao filme — eu não sabia o que fazer com a vida que vinha.

Enquanto Cristina não chegava, e o mundo continuava alheio a mim, observei os cartazes dos outros filmes, andei inutilmente de lá para cá, suportando. Aos poucos, distraí-me com o movimento no Bar do Ponto, os carros que passavam pela rua Quinze, uns casais diante da sorveteria. Voltei ao cinema e, então, contra os meus planos, eu a vi lá dentro, atrás da porta de vidro, me acenando. *Me espere,* eu disse, como se ela pudesse me ouvir. Enfiei-me às pressas na fila da bilheteria, que, por sorte, já estava pequena. Comprei a entrada e, ao chegar ao saguão, onde ela me aguardava, cabelos soltos, vestido vermelho, senti aquele instante grande, tão grande que apenas disse, *Oi*, e ela respondeu, *Oi*, e completou, *Vamos, já vai começar!* Seguimos rapidamente para a sala, mas antes paramos na bonbonnière, eu queria comprar balas. Mal nos acomodamos, as luzes se apagaram.

Veio o noticiário, o Canal 100, depois vieram os trailers, e aí o filme começou. Não me lembro direito do enredo, só sei que era uma comédia. Lembro que ríamos não tanto pelas cenas, pouco engraçadas, mas pelas gargalhadas de um gordo que se divertia à nossa frente. Eu não sabia como agir, mas, desafiando a minha insegurança, oferecia balas a ela, contemplava seu rosto no escuro, desviava-me da tela. Aquele era o lugar no mundo onde eu desejava estar! Por isso me acalmei, temendo que, com um gesto brusco meu, o encanto se desfizesse.

Mas à medida que o filme avançava, eu me convencia de que ela deveria saber o que se passava comigo, eu precisava dizer à Cristina a minha alegria, ainda que ela, sem ter consciência de que a causara, pudesse me responder com uma rejeição.

Então, de súbito, decidi, *Vou pegar na mão dela.* Tinha medo de me precipitar, e de que me julgasse atrevido — nem imaginava que o meu coração era pequeno para aquele sentimento todo que não parava de entrar. E, como o filme ia terminar — a gente percebe o fim chegando —, tomei coragem e deslizei a mão pelo braço da poltrona até encontrar a sua mão. Cristina estremeceu, virou-se para mim — e me salvou. Acolheu minha mão com um toque leve mas decidido, e assim ficamos, a felicidade latejando entre os meus dedos e os dela.

Logo o filme terminou e, antes que as luzes se acendessem, soltamos as mãos, como se o mundo não merecesse saber do nosso amor. E levantamos sorrindo, não pelo mesmo motivo das pessoas, mas, por aquele outro, só nosso.

Lá fora, a tarde ardia nos olhos, de tão bonita, o sol ia baixo no céu azul, como meus olhos mirando os pés de Cristina a cada passo seu. Não sabia onde ela morava, mas tinha de acompanhá-la até lá, era essa a regra, eu ouvira meu irmão comentar uma vez. Caminhamos em silêncio, para assimilar — pelo menos no meu caso — o susto daquela iniciação.

Quando chegamos ao portão de sua casa, eu perguntei, *Gostou?*, ela respondeu, *Gostei*, e eu queria que essa resposta se referisse mais ao nosso gesto secreto do que ao filme.

E aí, inesperadamente, até mesmo pra mim, eu a abracei. Trêmula, ela me recebeu, meio sem jeito. Depois, soltou-se dos meus braços, me deu um beijo no rosto e saiu correndo. O meu corpo queimava. Atravessei a rua e fui andando devagar, aquela felicidade — que poucas vezes voltei a sentir — pulsando forte dentro de mim.

Medo

Era só um garoto. Com pai, mãe, irmão. Mas, quando deu os primeiros passos, apoiando-se nos móveis da casa, sentiu-se só no mundo. Precisava dos outros para ir além de si. E tinha medo. Nem muito nem pouco. Do seu tamanho. Como o uniforme escolar que vestia. No futuro seria um homem, o medo iria se encolher; ou ele, já grande, não se ajustaria mais à sua medida. Por hora, estava ali, naquela manhã fria, indo para a escola, o olhar em névoa, as mãos dentro do bolso da jaqueta. O que o salvava era a mochila presa às costas. O peso dos cadernos e dos livros o curvava, obrigando-o a erguer a cabeça, fazendo-o parecer até um pouco insolente. O que fazer com a sua condição? Apenas levá-la consigo! Andava às pressas, tentando se proteger do vento que, na direção contrária, enregelava seu rosto. Queria aprender urgentemente. Crescer o tornaria maior que o seu medo. E, sem que soubesse, a lição daquele dia o esperava no sorriso de Diego, aluno

mais velho, que ele nem conhecia ainda — quase um homem, diriam os pais, a considerar a altura, a penugem do bigode, os braços rijos. Na ignorância das horas por vir — que desejava fossem, se não tranquilas, suportáveis —, o menino passou pelo portão em meio aos outros colegas — vindos também ali para mover a roda da fortuna, antes de serem moídos por ela — e seguiu pelo pátio até a sua sala. A professora, mulher miúda, de fala doce, o perturbava. Já nas primeiras aulas, percebeu que ela não era só voz leve e olhar compreensivo. A sua paciência, como giz, vivia se quebrando. Por que ela agia daquela maneira? Não sabia. O menino com seu medo, o tempo todo. Na hora da chamada, erguia a mão e abaixava furtivamente a cabeça, como se a sua presença fosse um insulto. Se a professora fazia uma pergunta, antes de respondê-la, escutava a risada de um colega, o sussurro de outro, e então pressentia que iria falhar, o que de fato acontecia: ele, paralisado, sem resposta alguma, sob o olhar da classe inteira. Tropeçava no perigo que ele próprio, e não o mundo, deixava em seu caminho. Queria não ser daquele jeito. Mas era. Às vezes, entristecia-se até nas horas de alegria: quando jogava futebol com o irmão e perdia. Ou, quando, no parque de diversões, se negava a ir na montanha-russa, no chapéu mexicano. Era tudo o que sonhava. Experimentar aqueles abismos. Mas não conseguia. *Vai, filho!*, a mãe o incentivava. *Eu vou com você*, o pai prometia. Fitava o irmão que subia no brinquedo, acenava lá de cima, gritava e se divertia, enquanto ele se segurava firme no seu medo, inteiramente fiel. Se vivia inquieto na sala de aula pela certeza de se ver, de repente, numa situação que o intimidaria, às vezes se esquecia de seu desconforto, encantado com o universo que a professora lhe abria, as letras do alfabeto, os desenhos na lousa, um trecho de música que ela cantava, uma graça que fazia. E aí ele ria, ria com sinceridade e, subitamente, se reencontrava, menino-menino. No intervalo, aquela calma provisória, quando o pátio se inundava de alunos. Na multidão, ninguém o notava, nada tinha a recear, era a sua hora macia. E assim foi até aquela manhã. Pegava seu sanduíche quando percebeu que um garoto, o maior de todos, se acercava. Espantou-se ao dar a primeira mordida no pão e ver o outro à sua frente — tão desproporcional se comparado aos demais alunos — o corpo comprido, a voz firme, *Eu sou o Diego*, e sorrindo, *Você é do primeiro ano, não é?* Ele confirmou com a cabeça, para não responder de boca cheia. E, logo que o outro disse, *Eu nunca te vi aqui!*, o menino sentiu que estava diante de um desafio, como se num quarto escuro, o dedo no interruptor pronto para acender a luz. Diego o observava com mais fome nos olhos do que na boca, seguia o movimento de suas mandíbulas, à espera da merecida mordida. *Tá bom o sanduíche?*, perguntou, e o menino respondeu *Tá*, e quis saber, *Você já comeu o seu?*, o que só serviu para alargar a vantagem de Diego, *Não, nunca trago lanche, eu sou pobre.* O menino perguntou, *Quer um pedaço?*, pensando que o outro se contentaria com a oferta, nem supunha que o gesto o conduziria mais depressa a seu destino; era uma entrega superior a que ele imaginava. Diego o mirou, satisfeito, e apanhou o pão com voracidade. Sentou-se no chão e se pôs a comer em silêncio, um silêncio faminto que pedia o olhar do mundo — tanto que o menino, ao seu lado, degustou a cena, orgulhoso por lhe saciar a fome. Se antes era frágil, casca de ovo, agora ele se sentia forte. Descobria uma grande vida dentro de si. Porque, antes que continuassem a conversa, ele sabia: fizera um amigo. E Diego, que conhecia melhor essa cartilha, levantou-se e disse agradecido, *Se alguém mexer com você, me avise!* Com a amizade de Diego, e a sua força a favorecê-lo, ninguém o afrontaria. Imaginava ter um trunfo, mas também podia ser um erro. Como adivinhar? Estava lá para aprender. E aprendeu rápido a lição que Diego lhe deu, na semana seguinte, ao dizer, *Minha mãe tá doente, precisa de remédio e a gente não tem dinheiro.* O menino — para mostrar que era bom aprendiz — superou a culpa e entregou ao outro, dias depois, umas cédulas que pegara às escondidas da bolsa da mãe. E então começou um tempo em que o perigo era a estabilidade que Diego lhe garantia. Os dois ficavam juntos no intervalo e quase sempre encontravam-se no fim da aula no portão da escola. O amigo o acompanhava até a casa, cumprindo a sua parte no pacto, e recebia em troca o que lhe faltava: o sanduíche, o estojo de lápis coloridos, os pacotes de figurinhas. Diego sorria. E olhava para ele em silêncio no momento da paga — como um aluno que desafia o mestre. O coração do menino batia alto, incapaz de acordar a desconfiança que o embalava. Diego sorria — e sonhava. Sonhava com uma bicicleta. A amizade entre eles atingiu o ápice no dia em que Diego se meteu numa briga, quando outro marmanjo, no intervalo, esbarrou sem querer no garoto e derrubou-lhe a garrafa de suco. Diego vingou o amigo — e foi suspenso da escola por uma semana. O menino viu no episódio a prova de que o outro lhe era plenamente leal. E nem precisou pensar numa recompensa: Diego a cobrou ao retornar às aulas, dizendo que precisava de mais dinheiro para as injeções que a mãe, agora, tinha de tomar. Era a vez do menino, a sua prova. E, apesar da angústia, ele mostrou que sabia tudo de gratidão: manteve-se aferrado à sua mentira ao ver o irmão de cabeça baixa, a mãe chorando, o pai de lá para cá à procura do dinheiro que sumira da carteira. E, então, sentado na soleira da porta de casa, dias depois, o garoto viu Diego lá no fim da rua, pedalando uma bicicleta. Diego acenou de longe e, ao se aproximar, abriu um sorriso para o amigo. Ele se ergueu vacilante, apoiando-se na parede. Agora, estava mais sozinho do que nunca. E sentiu medo. Muito medo.

Grandes feitos

Porque era sábado, a família podia despertar mais tarde e viver umas horas de descuido. O casal não iria ao trabalho nem o filho à escola; tinham os três mais tempo para si mesmos. A semana inteira viviam a fazer o que era preciso e assim, entre atos e palavras, tocavam-se apenas como as margens de um rio tocam a paisagem que seu curso delimita. O homem, o primeiro a acordar na casa, abriu a janela do quarto e deu com o sol já em seu esplendor, envolvendo os espaços com uma grossa demão de luz. Um dia como aquele era quase uma dor de tão lindo, quase não cabia no homem. Nem mesmo a janela suportava a claridade que a atravessava para iluminar, à cabeceira da cama, o rosto de sua mulher no travesseiro. E, mesmo sem abrir os olhos, a mulher sabia que lá fora — além de suas pálpebras e das paredes — o verão fulgurava acima das casas. Igual ao marido, ela despertou feliz, espreguiçou-se pronta para desfrutar aquele bônus da vida, experimentando

no íntimo uma paz profunda e sentindo que as angústias continuavam dormentes, como se vigorassem em turno incompatível com a sua vigília — e, por isso mesmo, enquanto o destino se distraía, era hora de se entregar à felicidade. O menino ainda dormia. O homem trancou a porta do quarto à chave, voltou à cama e abraçou a mulher. Ficaram ali um tempo, enlaçados, desfrutando o langor de quem nada tem a fazer, senão prolongar o seu deleite. Àquela hora só havia espaço para a comunhão, e ela era tão visceral que o mínimo ruído a perturbaria. Se pudessem, desligariam o canto dos pássaros e o rumor da respiração arfante que eles mesmos produziam. Por fim, levantaram-se e foram tomar banho. Entraram no boxe, uniram-se sob o jato da ducha, e então, igual a água caudalosa, a conversa brotou e foi escorrendo dos dois, sem pressa. Vestiram-se em seguida, sentindo a pele fresca como a manhã que continuava a vazar pela janela adentro, e que nem dava mostras de que envelhecia — era preciso cerrar bem os olhos para captar o seu avanço, lento. Os dois iam trocando impressões sobre fatos mundanos, esquecidos de que aqueles momentos passavam definitivamente. Descontraídos, queriam usufruir a manhã e, depois de arrumarem a cama, foram para a sala. De lá, ele saiu à varanda, apanhou o jornal entre os canteiros do jardim e sentou-se na cadeira para ler as notícias; ela seguiu para a cozinha e se pôs a preparar a mesa do café, não sem antes abrir a porta dos fundos. O sol se infiltrava por entre os galhos das árvores no quintal; o vento, vindo de longe, movia suavemente as folhas. Era a mesma cena, cotidiana, mas a mulher a mirava com olhos demorados, e assim as coisas ganhavam uma nova aura — ou a aura podia agora ser vista. O menino apareceu ali, subitamente, ainda de pijama, e ficou a ver o dia funcionando, como um brinquedo, lá fora. A mulher o enlaçou e disse, *Bom dia, meu amor,* e esse "meu amor" era tão sincero que, para um estranho, soaria falso — era unicamente dela e de seu filho —, e então perguntou-lhe, *Dormiu bem?*, e ele, movendo a cabeça num sim, afastou-se, atravessou a porta e foi até o quintal. Ela terminou de preparar o café, sem reparar no que o menino fazia, mas só de tê-lo ali, próximo, sua satisfação se alargava. Tanto quanto o marido na varanda e o filho no quintal, ela vivia o instante sem planos, e começou então a cantar baixinho, apenas para si, evitando quebrar aquela harmonia que reinava. Não demorou, estavam todos à mesa, a verdade no silêncio de cada um, e, enquanto conversavam uns assuntos que estavam à mão, os momentos vinham para que os provassem — à semelhança do pão e da manteiga. E, como tinham o sábado pela frente, o sol se aderia, inexorável, a todas as coisas, e as dores estavam adormecidas — logo despertariam, de modo inevitável —, eles, finalmente, se levantaram da mesa e foram fazer essas coisas que todos fazemos enquanto estamos vivos.

Recolhimento

Era o mais velho de todos naquele serviço. Habituara-se a chegar cedo, não apenas por zelo, mas porque sua natureza pedia. Como se estivesse sempre nos preparos para nunca ser pego, assim, de repente — mesmo que demorasse horas para o telefone tocar. Às vezes, só mesmo no meio da tarde vinha um pedido. Mas ele era o que era. E sabia que precisava apenas esperar: enquanto nada acontecia ali — só a conversa entre ele e os outros funcionários, que iam chegando devagarzinho —, em algum canto da cidade, um condomínio de luxo ou uma casa na periferia, o fato inevitavelmente se sucedia — a vida no seu fim —, e logo alguém ligaria, solicitando a remoção. Aí seria a sua vez de sair da mesmice, em direção à triste novidade.

Aquela era mais uma manhã, normal como outras, a se abrir lá fora, para os espaços do mundo — e para ele, naquela repartição quase sem mobília, só com seus vazios. Estava sozinho bebendo devagar o

café num copo de plástico, o sol se espraiando pelas paredes, quando recebeu o chamado. A voz aflita do outro lado; podia até imaginar o rosto de seu dono. Pelo tom, discernia o tamanho do assombro, embora, velho como era, soubesse que as perdas, só quem as detém pode avaliar com precisão a sua grandeza.

Anotou o endereço, *rua Piracuama, Perdizes.* Não conhecia, mas não seria difícil encontrar: tinha um mapa da cidade e costumava definir um caminho de antemão. Era um homem previdente. A tarefa também exigia agilidade. Subir ao apartamento, apanhar o corpo e descer. E para não alargar a dor, procurava retirá-lo de lá o mais rápido possível. Essa era a parte mais difícil de seu trabalho. *Cachorro ou gato?*, ele perguntou ao telefone. *Cachorro*, a voz respondeu. E, ainda que não fosse seu costume, quis saber o detalhe, *Grande ou pequeno?*, como se o procedimento variasse de acordo com o tamanho do animal. *Pequeno*, foi a resposta.

Sem demora, escreveu no quadro de avisos um recado para os companheiros, informando que fora atender a um chamado. Estudou uma rota e a traçou. Colocou o avental e, antes de partir, verificou dentro do furgão se havia ali tudo de que era preciso. Havia, sim. E era tão pouco...

O sol fulgurava pela cidade, insensível a qualquer acontecimento — e tantos, naquele instante, ocorriam em simultâneo —, ascendendo imperceptivelmente ao céu da manhã, alguns raios a ricochetear na lataria do furgão que ele dirigia, metade do braço para fora.

Era muito cedo e o trânsito seguia moroso e contínuo, como a sua memória: repassando as etapas de outros atendimentos, a selecionar neles uns pormenores iguais ao desse caso — se encontraria facilmente vaga para estacionar, se haveria elevador de serviço, se os donos estavam em casa ou só a empregada. Antecipava-se em pensamento, deixando o fato de lado; assim poderia ser mais eficiente na retirada e reduzir o incômodo para todos.

A realidade, no entanto, era imprevisível. Por mais vivência que tivesse naquele serviço — e, às vezes, julgava, pelas centenas de casos atendidos, que já havia visto de tudo —, cada remoção tinha lá a sua diferença. Sempre algo inesperado lhe dava singularidade: a posição do bicho, a cor ou a raça, o dono atônito entre o alívio e a brutalidade da despedida.

Por isso, ele mesmo não tinha mais animal em casa. Aquela hora, do recolhimento, doía como uma lâmina enterrada para sempre na consciência. Ele agia rápido: entrava na casa, pegava o animal, *Assine aqui, por favor*, e desaparecia. Às vezes nem descia pelo elevador, seguia pela escada mesmo. Colocava o corpo no furgão, dava a partida e arrancava às pressas, como se tivesse ainda uma vida sob sua guarda.

Estava calmo e seguro seguindo à risca seu itinerário, como nesses anos todos. Era só mais uma coleta. Um cachorro pequeno. Certamente de uma criança, já a caminho da escola. Ou de uma jovem que saía para o trabalho. Um cachorro pequeno. Não devia pesar muito. Serviço fácil. Para pouco ou nenhum comentário mais tarde, com os companheiros.

Não demorou a chegar a Perdizes e, enveredando-se por suas ladeiras estreitas, a encontrar a rua Piracuama. Seguiu por ela devagar, conferindo os números até que chegou a um prédio revestido de pastilhas. Conseguiu estacionar na frente dele. Ali a manhã fluía a favor, leve e silenciosa, ao contrário da avenida de onde ele saíra, pesada e barulhenta. Sempre que ia a bairros distantes, fora das zonas comerciais, admirava-se ante essas variâncias da cidade: em certos pontos, a vida pulsante, em luta; em outros, a paz, em repouso.

Estacionou o furgão, apanhou as luvas e a manta para envolver o animal. Dirigiu-se à portaria e se apresentou. O porteiro pediu que aguardasse, enquanto o anunciava pelo interfone. Permaneceu ali, obediente, esperando para fazer o seu trabalho. Observou a fachada do prédio e começou a contar os andares com os olhos; parou no segundo. Lá, num dos apartamentos, devia estar o corpo do pequeno cão, destituído do que lhe dava presença — o latido, o faro, o rabo em abano.

Pode subir, o porteiro disse, destravando o portão. *Onde é o elevador de serviço?* O porteiro respondeu, *Por ali*, indicando com a mão. No hall, mirando os objetos ao redor — que revelavam o perfil de quem lá morava, gente de classe média —, ele se fixou no espelho, no vaso, no tapete; como se fosse possível ter, àquela altura, alguma distração.

O elevador chegou ao térreo silenciosamente. Ele entrou, deu com outro espelho à sua frente, a iluminação fraca sobre sua cabeça, o sol atrasado naquele espaço que ainda represava sombras da noite. *Vamos lá*, disse a si mesmo, e foi colocando as luvas.

A porta dos fundos do apartamento estava encostada. Uma mulher, ao vê-lo saindo do elevador, abriu-a. Tinha os olhos vermelhos, a brasa da tristeza já viva, queimando. Trocaram umas palavras mínimas e ele entrou. Estendeu a guia de remoção para que ela assinasse e nem precisou perguntar onde estava o animal: jazia de borco na área de serviço, lá mesmo onde era o seu canto quando vivo.

Aproximou-se do corpo, o pelo negro abundante. Reconheceu a raça: shih tzu. Esses eram dóceis, silenciosos, discretos. Ao seu lado, uma cumbuca vazando ração, uma outra cheia de água. Notou que, apesar de bem cuidado, o cão era velho: tinha as garras quebradas e lhe faltavam uns dentes. Ajoelhou e abriu a manta para recolhê-lo. Ouviu às suas costas um choro baixinho, que lhe pareceu de criança — e devia mesmo ser, porque escutou a voz da mulher, ordenando, *Vai pra lá, querida.*

Enrolou o cachorro na manta e o soergueu: ainda estava quente. Sem perder tempo, seguiu para a cozinha. Pegou a guia de remoção que a mulher lhe estendeu e entrou no elevador que permanecera no andar, à sua espera. Começou a descer. Percebeu, atônito, o coração do animal em seu último pulso. E estremeceu com aquela verdade. A vida nunca tinha parado para ele viver aquilo. O cachorro se esvaíra em suas mãos. Apertou-o entre os braços e se encolheu. Outra vez humano.

Mundo justo

Foi, foi naquele tempo que eu descobri, e de lá pra cá, ano após ano, eu só confirmo, é assim, invariável, essa lógica do mundo, se a gente ganha alguma coisa, por mérito ou por sorte, no minuto seguinte, pronto, trem de um lado, trem do outro, como se pra compensar, pra manter os nossos pés bem cimentados na terra, mas eu ainda não sabia, nem desconfiava, era a época de aprender sem ir até o fundo, pra começar eu nem lembro de onde me veio o gosto pelo basquete, quase ninguém se interessava, todos os garotos queriam ser craques de futebol, e eu, de repente, louco pra ver a trajetória da bola lá no ar, girando às alturas e caindo, perfeita, dentro do cesto, sem tocar o aro, *chuá*, mais bonito ainda se fosse de longe, de três pontos, *Vamos, vamos, use a tabela se precisar!*, o Urso gritava, o Urso se chamava Nelson, peludo daquele jeito, quem ia chamá-lo pelo nome?, e ele até que gostava, *Não deixa o cara arremessar, cerca ele, olha o rebote, o rebote*, o Urso era rude com a gente,

0
10
50
100
100
50
10
0

cobrava empenho, mas aí, de uma hora pra outra, o Urso falava macio, a vida também fazia as suas contas nele, regendo o justo das coisas, uma perda aqui, um ganho correspondente lá. A vó morava com a gente, *Não leve isso tão a sério!*, ela dizia, sentada na cadeira da varanda, quando me via voltar triste, *É só um jogo, menino!*, e a mãe, na cozinha, pulando o olhar de uma panela a outra, o cheiro bom da comida sendo feita, *Que cara é essa? Nem sempre se ganha, filho, vai, vai tomar seu banho*, e o pai, *A lição de casa, a lição, é isso o que interessa!*, e eu no quarto, me enxugando, o Edu no beliche, lá nos seus quietos, sempre mergulhado num livro, e, de repente, ele de volta ao nosso mundo, *Como foi o jogo? Quantos pontos você fez?*, e aí eu já me sentia bem de novo, por estar em casa, entre a família, todos na compreensão, e o Edu mais, porque o Edu não só perguntava, o Edu torcia, ele alegre se eu alegre, ele me consolando se eu desanimado, o Edu, apesar de mais novo, já sabia antes de mim, não tenho dúvida, aquela lei estava acima das outras, da gravidade, da termodinâmica, de todas, o Edu, de tanto se enfurnar naqueles livros, sabia me ler, letra por letra, o Edu, quando eu chegava com a vitória no rosto, me sentindo o Michael Jordan, *Fiz cinco cestas de três, sete de lance livre*, ele estourava de felicidade, como se fosse o próprio pivô do time, mas, em seguida, o Edu se metia, *tchibum*, no livro novamente, e ficava quieto, como se dizendo com o seu silêncio, agora se prepare, no fim do dia tudo vai empatar. Eu não associava uma coisa com a outra, que a vida num instante a gente não tem no instante seguinte, eu feliz com o meu desempenho no jogo e o sono, na via oposta, demorando pra vir, pra dar o troco, e no meio dele umas cenas assustadoras, do mundo agindo no seu maior mal, minha imaginação ainda miúda se comparada com a maldade disseminada pelos homens — isso eu descobri bem depois —, eu sem conhecer a precisão desse aparelho, e agora, agora eu posso ver o seu mecanismo inteiro, como se o véu, que cobre suas vísceras, fosse vidro, tão transparente, agora eu até posso ver seu coração funcionando, tic-bem-me-quer, tac-mal-me-quer, tac-bem-me-quer, tic-mal-me-quer, a ordem dos fatores não altera as contas exatas, sempre o mesmo resultado, sempre. Porque, se era o contrário, e o nosso time tinha se saído bem, e eu, cestinha ou não, voltava eufórico, aí tudo seguia por outra artéria, pra depois, claro, se encontrar lá na frente e refazer o equilíbrio, pesos alinhados, a vó, entre as samambaias, *Menino, é só um jogo!*, e a mãe com a costura sobre os joelhos, *Hoje vocês ganharam, não?*, e o pai, mais tarde, *Quantos pontos, campeão?*, e eu, no quarto, começando a ver o outro lado já atuando, pra diminuir o placar, o Edu no beliche, encorujado, sem forças pra segurar um livro, pra perguntar, *Trinta a quinze, uma lavada, mano*, e a diferença caindo até tudo se igualar na noite funda, o Edu daquele jeito, tosse, falta de ar, tosse, a partida fora das minhas mãos, eu, igual a todos na plateia, tendo de aceitar. E assim foi, mas eu nem notando, se a gente está de olho num alvo, numa pessoa, deixa escapar o entorno, as outras pessoas, no centro da quadra ninguém é o "ao redor", e aí o Urso montou o time do colégio pra disputar o torneio regional, eu era dos mais novos, mas já bem alto pra minha idade, pernas compridas, *Puxou o seu avô*, a mãe dizia, e o Urso, *Você vai ser o pivô*, e eu pensei, *Caralho, que responsa!*, e foi exatamente no dia em que recebemos o boletim e, pra compensar, tinha lá aquela nota vermelha, cinco em matemática, e aí eu pedi pro pai comprar uma bola, o aro eu mesmo adaptei com um balde velho e preguei na parede do quintal, e o pai, *Só se você der a virada em matemática, promete?*, e eu, *Prometo!*, e, então, na prova seguinte, oito em matemática, eu comecei a treinar arremesso em casa, jogava até no escuro, pra não depender dos olhos, às vezes a mãe já chamando pra jantar, as luzes da cidade acesas, e eu lá, firmando a mão, *chuá*, cesta de dois, *chuá*, cesta de três, com tabela, sem tabela, enterrada, eu aprendendo a acertar sem ver o aro, o corpo todo a minha mira, e se tinha alguém me marcando aí é que eu não errava, em caminho livre se aprende pouco, as pessoas no convívio é que nos aumentam. Eu chamava o Edu, *Vem, mano, joga comigo*, e ele, dentro de um livro, só as sobrancelhas de fora, *Mas eu não sei jogar*, e eu, *Não tem problema, é só pra me atrapalhar*, e a gente ali, aquele solzão na cabeça, ele com as mãos na minha cara, desajeitado, mas feroz como marcador, me atrapalhando bem, e era do que eu precisava, e, aí, depois, em troca, eu tinha de ouvir ele me contar uma história, íamos perto da linha de trem, sentávamos debaixo de uma árvore, o Edu se punha a ler em voz alta, enquanto andava sobre os trilhos, e eu, que não era nada paciente, ficava ali, escutando ele, uma vida inteira pra quem não passava de três segundos no garrafão, e no começo eu ainda comigo mesmo, pensando em jogadas, em lances do fundo da quadra, até que de repente as palavras, então só palavras, saíam de sua própria pele e eu, agarrando-me nelas, captava o variado do mundo, as palavras iam me alargando a consciência, tudo maior do que eu via, as montanhas-estátuas lá adiante, o canavial ondulando ao vento, o céu azul e sério sobre as nossas cabeças, eu sem notar claramente, mas já pressentindo que as histórias também seguiam aquela lei, o sol nos entristecia numa página, as sombras nos alegravam na outra, o Edu, daquele jeito, distraía a realidade pra eu flagrar o ponto frágil dela. E o campeonato lá, semana sim, semana não, a gente tinha um jogo aqui, ou nas cidades vizinhas, e ninguém dava nada pela nossa equipe, mesmo depois de sete rodadas e sete vitórias, sorte, adversários fracos, motivos não faltavam pra diminuir nosso avanço, só o Urso devia saber que a gente ia longe, o Urso não tinha ganhado nada até então, sequer chegara às oitavas, mas daquela vez o time tinha mesmo bons jogadores, garra pra vencer, e todos obedeciam o Urso, *O corta-luz, faz o corta-luz, arremessa, arremessa, marca-*

ção por zona, o Urso, pilhado, ele devia saber que era a sua vez, a vida toda de perdedor, estava na hora de a balança pender pro lado dele, a lógica, como uma cobra, serpenteava no meio dos fatos, juntava uma pessoa com a outra feito fios, tecia suas infinitas combinações e o resultado, sempre exato, vinha não quando a gente queria, mas no tempo dele, a certeza dentro da certeza, como camadas de cebola. Então, numa partida, eu cestinha, quinze pontos, e à noite a chuva, as goteiras na casa toda, quem é que dormia?; eu num daqueles dias ruins, como se um desaprendiz, e, depois, a travessa enorme de batata, tanto tempo que mãe não fritava pra nós; e a gente ganhando no último minuto dos maristas de Ribeirão, e o pai nos nervos, *Vou esconder a bola, arrancar o aro do quintal*, duas notas vermelhas no boletim; e aí, sempre assim, o lado "A" dos fatos e depois o lado "B", ou vice-versa, até que chegamos à final, contra os meninos de Franca, a melhor de três, o primeiro jogo aqui, trinta e seis a trinta e dois pra nós — e a vó vomitando dois dias seguidos, *Tinha de comer tanta carne de porco?*, o pai ralhava —, e o segundo jogo na quadra deles, onde os profissionais do Francana treinavam, eles encapetados naquele dia, marcavam homem a homem, armavam a jogada sem pressa, tinham um ala que era igual o Oscar, de onde arremessava ele acertava, *chuá*, o Hélio Rubens na arquibancada, devia ter ajudado os meninos lá, levamos de quarenta a vinte e oito, eu, que tinha tudo pra brilhar, errei bola fácil, seis lances livres, a quarta falta no início do terceiro quarto, o Urso me puxou pro banco e lá eu fiquei até o final do jogo, encolhido, a derrota doendo. Mas, naquela noite, veio o inesperado, pra igualar os dois pratos da balança, apesar de que ele, o fato, estava ali, noutros dias, esperando a gente vir pra se mostrar, a família ao redor da TV assistindo à novela, o verão forte de suar dentro de casa, e a mãe, ajudando a vó a se sentar na cadeira lá fora, *Aqui tá mais fresco*, e o pai, atrás das duas, *Ventinho bom*, e eu, encolhido no sofá, caramujando, pra desviar da tristeza da tarde, também saí, arrastei uma cadeira até eles, e o Edu veio por último, pra não ficar sozinho na sala, se bem que o Edu era ele mesmo, em qualquer lugar, um livro na mão e ele desgrudado desse nosso mundo, mundo que o pai dizia ser sólido igual barra de ferro, mas eu discordava dele, eu achava que o real não se pegava, tinha seus contornos definidos, a igreja ali na frente igreja, o canavial lá adiante canavial, a pedra na mão pedra, mas, às vezes, eu sentia que o mundo era miragem, como quando, de relance, eu mirava a cesta e atirava a bola, sabendo que não ia acertar, que o aro de metal estava nos meus olhos e não lá no alto, pregado na tabela, eu achava que a gente, todas as pessoas no nosso tempo maior, viam o mundo por uma neblina de sol, as coisas sem ser o que eram, de verdade, pra nós. Aí a mãe contou um episódio, o pai fez uma pergunta, a vó já no cochilo, ela sempre com ela, se preparando, a vó no aceite de tudo, e, de repente, o Edu, do meu lado, a voz baixinha, apontando lá pros altos, e, então, eu vi, elas todas, e eram tantas, tantas, espetadas no céu, as estrelas, as estrelas, até doía a gente ver, de tão bonitas, por si só, e no conjunto, espalhadas. O Edu, muito do silencioso, lia uma por uma, bem natural, como as palavras, e elas deviam dar num texto que ele entendia, porque ele ficou grudado inteirinho naquela página da noite, e aí eu me peguei a imitá-lo, e fixei tão fundo o olhar nelas, que, do nada, me senti subindo, subindo, como se fosse pra uma enterrada, o nariz tocando o azul-escuro do céu! Tudo igual de novo, o justo justo, e aí o terceiro jogo era em campo neutro, Jaboticabal, a gente ainda com a lembrança da derrota, todo mundo quieto, no seu sozinho, o pressentimento, *Não vai dar, os caras são melhores*, e até o Urso, a gente ouvia a mentira no grito dele, *Vamos lá, vocês já ganharam uma vez!*, e, pronto, o jogo começou! A lei estava lá, funcionando, alheia ao barulho das torcidas, eles na frente, dez a oito, depois a gente, catorze a doze, falta aqui, falta ali, o ala deles fazendo uma cesta de três, *chuá*, e eu também, *chuá*, e eu de novo, *chuá*, mais três, no placar vinte e dois a vinte e dois, o Urso pedindo pressão na quadra toda, e eu, assim, do nada, me esqueci daquela responsa, com o pé na diversão, jogando sem peso nenhum, como lá em casa, no escuro, sabendo, sem precisar olhar onde estava o aro, e *chuá, chuá*, e mais uma, *chuá*, de três pontos, o Urso rindo, o técnico deles roendo as unhas, *Caralho, o que deu nesse moleque?*, e eu, num giro, com ajuda da tabela, mais dois, e eles, claro, querendo me quebrar, eu no rebote dentro do garrafão, cotovelada no rosto, e ela lá, a justiça fria, fria, o pivô deles expulso, a gente ampliando, depois umas bolas perdidas, eles de novo, vingativos, empate, trinta e cinco a trinta e cinco. E assim foi até o final, eu uma enterrada, falta no nosso ala, mais dois pontos de lance livre, uma de três pra eles, e aí deu no que deu, quarenta e seis a quarenta e um pra nós, quem diria, campeões, campeões, desculpa aí, Hélio Rubens. Então, na alegria da comemoração, nas tantas coisas que se faz quando a gente está nela, em grupo, todos naquela hora de grandeza, de rir de si e dos demais, um mais eufórico provocando o Urso que ia sentado no primeiro banco, sem falar nada, o Urso, acho que ele nem acreditava ainda na nossa vitória, os quilômetros, os quilômetros foram se encolhendo, e eis que já estávamos chegando na cidade, um quarteirão a mais — o colégio. Ali, aquele vozerio de despedida, o time se desfazendo, dois pra aquela rua, três pra aquela outra, e eu sozinho, voltando ao mundo, devagar, e, de repente, dava pra ver, entre as casas lá embaixo, uma aglomeração de gente, pros lados da linha de trem, e, no mais, a cidade no silêncio, sem vento pra tirar o jeito de estátua das árvores, nenhum galho a cair na minha frente, tudo no seu resguardo pra eu ouvir, pra eu descobrir. E aí, não sei por quê, me veio a certeza, a justiça se fazendo à revelia da gente, pela ordem dessa lei, e aí eu reduzi o passo, não querendo aceitar aquilo que vinha, já no avançado da realidade, e pensei primeiro na vó, podia ser com ela, pela idade, mas não era, eu sabia; pensei no pai, mas o pai não, ele sobrava de saúde; pensei na mãe, mas a mãe, eu me sentia no ventre dela de novo, não querendo vir à vida, me demorando, pra não saber. E aí, lá embaixo, eu vi de novo, por um outro ângulo, aquela gente toda perto da linha de trem, e, como se tudo luz, eu vi no fundo desse meu ver, na plena claridade, o Edu, o Edu com um livro na mão, andando sobre os trilhos, trem de um lado, que ele via, trem do outro que ele não viu, o Edu, o Edu, ele sabia do resultado bem antes de mim.

Passeio

Aconteceu que o pai, à mesa de jantar, disse de repente: *Sábado vamos lá.* A menina, mais rápida que o irmão, perguntou, *Lá onde, pai?*, e ele, *Não posso falar, é surpresa*, e o garoto, *Fala, pai, aonde a gente vai?*, e ele, já vendo a felicidade futura dos filhos, sorriu, enigmático, *Sábado, à tarde!*, e continuou a comer, como se nada tivesse acontecido — o mundo de sempre funcionando. Aquela era só a notícia, a hora de vivê-la seria adiante; a mãe, mesmo sem saber qual o plano do marido, disse, em seu auxílio, *A semana passa depressa!*, e, com efeito, já estavam em sua metade.

Mas os filhos queriam tudo imediato da vida e ficaram atiçados, aquele "lá" tinha sido vento em brasa, eles ardiam de curiosidade, o garoto mais, por ser menor; a menina, no seu canto, esperta, pensando, pensando, *Vou descobrir!*. Fosse a praça, redonda, onde alugavam bicicleta e faziam piquenique;

ou o parque, grande, de tanto verde, que não entrava de uma só vez em seus olhos; já estariam contentes. Mas *lá, lá* onde seria?

Não podiam se conter, os dois estavam além dessa noite. E era hora de dormir. Como manter a calma com aquela alegria, ainda sem forma, lá na frente? Sonhavam sem sono em suas camas. Reviravam-se, igualmente, nas dobras do lençol e da imaginação. Sorriam no escuro, só sentindo essa dúvida boa, *onde?, onde?*. O pai era mesmo de revelar aos poucos, para que vissem tudo, devagar, na sua inteireza. O cansaço, contudo, pedia-lhes mais corpo. E ganhou. O garoto foi o primeiro a dormir: arquitetava desejos e fatos, mesclando-os quando, de súbito, já ressonava alto; a respiração forte, no sonho certamente ele corria, era a sede dos dias seguintes. A menina, em seguida: nos lábios, o som silente de umas palavras adivinhas: shopping, karaokê, Playcenter. O que seria? O passeio, misterioso! Mas como são grossas as camadas da certeza, a menina não podia penetrá-las e ficou só na sua superfície, inventando lugares menores, se comparados à realidade. Bocejou uma vez. Duas. Dormiu.

E, de súbito, já era o dia seguinte.

E depois a noite desse dia.

E logo outro dia.

E a sua noite correspondente.

No meio dessas horas todas, entre sol e sono, os dois irmãos reouviam, na memória, o anúncio do pai, *Sábado vamos lá*, e experimentavam a mesma feliz aflição, de saber já o *quê* e o *quando*, mas não o *onde* ainda encoberto. E como o eco retornava, também se reesqueciam, tinham as suas urgências. Mas aí, de repente, relembravam. O garoto rodeava o pai, *Aonde a gente vai?*, a menina jogava verde com a mãe, *Na quermesse?*, insistiam, insistiam, e nada. Melhor era viver sem expectativas a chegada do sábado.

E esperaram assim, sem perceber, cuidando do que era próprio de sua idade — os deveres da escola, o direito às brincadeiras. E o sábado chegou.

Dia claro, o sol abriu cedo a manhã. Ninguém se lembrava do passeio, mas o passeio estava lá nas suas profundezas. Bastava atirar a primeira palavra para acordá-lo, e foi o pai — só podia ser ele — quem o fez no café da manhã, dizendo: *Vamos sair às três!* E aí o sorriso de um canto a outro da mesa, a curiosidade vívida das crianças, o mistério, enfim, com a sua hora do parto marcada.

Ainda havia uma chance de descobrir, e o garoto não a deixou passar, *Posso levar skate?*. O pai, *Melhor não.* A resposta já reduzia as opções, não era campo, praça, parque. A menina perguntou, *Posso levar um gibi?*. O pai, *Lá você não vai querer ler*, e completou, *só se for no caminho.* E antes que replicassem, ele completou, *é meio longe, vamos de ônibus!* A mãe observava os filhos, também ignorava qual o programa, e achou prudente perguntar, *Preparo uns lanches?*, ao que o marido respondeu, *Não, não precisa, a gente come lá!*

O mistério prosseguia. O pai com o novelo da surpresa só para ele. Então, cada um foi gastar com alguma coisa a leveza de seu sábado: o garoto com o cachorro no quintal, a menina com seus CDs, a mãe com as providências para o almoço. Assim, o devagar das horas passou depressa enquanto eles ocupavam as mãos e, sobretudo, a mente.

E pronto: já era o tempo de ir.

A mãe queria tirar umas dúvidas: *Com que roupa?*. O marido, à porta do quarto, *Confortável*, e ela, *Vestido ou calça jeans?*, e ele, *Vestido*, e ela, *Bolsa grande ou pequena?*, e ele, *Pequena*, e ela, com um fiozinho de impaciência, *Mas, afinal, aonde vamos?*, e ele, *Mais uns minutos e você saberá.*

Deu a hora combinada.

Lá foi a família. O pai à frente, rebocando a mulher e os filhos até o ponto de ônibus. Esperaram em pé, o orgulho no olhar. Passou um, passou outro. Era o terceiro. O pai viu, *É aquele*, e acenou, *vamos, vamos!*. O ônibus encostou e abriu a porta: entraram, rápidos, e se sentaram ao fundo. A realidade junto, generosa naquele instante, passeio iniciado. Os dois irmãos continuavam sem saber onde era *lá*, mas já provavam uma alegria modesta. E trataram de engordá-la: uma freada do ônibus os atirou um sobre o outro, e eis que riram, gargalharam. A mãe de olho, *Cuidado, segurem firme!*, o pai feliz também, era isso o que desejava, os filhos daquele jeito, o bom da diversão era ela toda — o caminho.

Primeiro, da janela, viram o bairro de sempre, *Olha, olha,* o supermercado, a igreja, a escola: tudo há muito conhecido, embora fosse um ver novo, com o contentamento. Depois, o ônibus os levou pela primeira vez a umas ruas nervosas, edifícios velhos dos dois lados, até desembocar numa praça cercada de árvores. Aí foram dar numa avenida de tráfego veloz, depois passaram por uns bairros bonitos; parecia outra cidade: casarões imponentes, alamedas, jardins. E essa outra cidade os via dentro do ônibus, à espera do que vinha. O garoto provocava a menina para aumentar a graça da viagem; o pai e a mãe sorrindo-se e, de repente, de mãos dadas, o vento suave nos cabelos.

Então, uma sombra enorme cobriu a avenida por onde o ônibus seguia e, depois de sumir, deixou-a como antes. Logo à frente, puderam ver no céu o que era — *Nossa!* —, um avião. Rasante, planava quase a tocar os prédios: o ventre bojudo de metal, as asas estalando ao sol, o som trovejando atrás feito um rabicho. Admiradas, as crianças esticaram os olhos para ver no seu rever o avião, imenso, sumindo sobre os edifícios, era lá o seu pouso. Até então tinham visto os aviões só pequenos, no muito alto do céu, entre nuvens, sem os detalhes de agora e — descobriam, naquele momento — que eram, em verdade, sempre grandes. Tão despropositada era essa visão, que cutucaram o pai e a mãe perguntando o óbvio, se também tinham visto, como se o avião fosse um passarinho e só o olhar atento, de criança, pudesse percebê-lo na paisagem.

O ônibus fez uma curva, pegou uma rua lateral e eis um novo redemoinho de excitação: no horizonte, vindo da esquerda, outro avião sobrevoava baixinho os edifícios e seguia rugindo para a mesma direção. O pai disse, *É no próximo ponto!*, e se levantou com a mãe. Os filhos o imitaram com atraso, flertando ainda o avião em seus pormenores, o bico, as asas...

Saltaram do ônibus no meio de uma longa avenida. Atravessaram-na por uma passarela e, já do outro lado, caminharam algum tempo. Antes que o pai dissesse, os irmãos já sabiam. Era *lá*, o pleno passeio. O coração deles estremecia, com os primeiros encantos... Dali, podiam avistar a entrada principal do aeroporto, a torre de controle, um trecho da pista onde um avião taxiava lentamente, sem que soubessem se era sua partida ou chegada. Também não importava: só queriam vê-lo, com os olhos da certeza, aquele era o instante, sem o antes e o depois, o imediato real — o avião, sólido, movia-se, mais e mais, fora da neblina do sonho. A família, igualmente, seguia devagarinho pela calçada, rumo ao seu destino.

O pai, no comando, conduziu-os à área de desembarque. Gente e mais gente afluía de várias direções, com bolsas a tiracolo, mochila às costas, malas sobre carrinhos. O frenesi excitava e entontecia. A mãe se pôs entre os filhos, dando-lhes as mãos para que não se perdessem entre as pessoas. Chegaram a uma porta de vidro, que se abriu, automaticamente. Entraram. O pai, *Vamos, é lá em cima*, e seguiu para a escada rolante, margeando os guichês das companhias aéreas.

Subiram, a curiosidade acelerada. Um andar mais calmo, e também eles num novo estado, acima. Ali, o mirante. Uma aglomeração de pessoas em frente à imensa janela panorâmica. Todas para ver além do vão do seu dia. Os irmãos achataram o nariz no vidro, como se quisessem transpô-lo. Latejava nos dois a felicidade, e era muita: até incômoda. Assistiam àquele trecho do mundo, inteiros, que tudo o mais era de força menor. O quadro se fazia e se refazia, móvel: dezenas de jatos estacionados com as portas abertas; ao redor, um ir e vir de tratores e ônibus, o sol atrás dos prédios, e, tocando a pista, agora pousava um avião, *Olha lá, olha lá!*. Chegava, enfim, a hora máxima.

Paz

Ele estava no quintal — a fazer o que fazem os meninos enquanto, lentamente, transformam-se em homens — quando ouviu alguém bater palmas e chamar ao portão. A mãe recolhia roupas do varal e lhe fez um gesto com a cabeça, como se dissesse, *Vai ver quem é*, e ele, obediente, foi atender correndo. Não precisava correr, mas é que só sabia ser daquele jeito; seus dias eram todos um ir apressado às coisas, para descobrir logo o mundo que continham.

Diante do portão, viu um homem, à espera, o sol a contorná-lo como uma moldura. E, antes que pudesse dizer algo, o homem perguntou, *Seu pai está em casa?*, ao que ele respondeu, *Não*, o pai estava trabalhando. *E a sua mãe?*, continuou o homem. Estava cuidando das roupas, o menino disse, *Mas, se o senhor quiser, eu posso chamar ela...* O homem disse, *Não precisa*, tirou do bolso um envelope branco, *Entregue a ela, por favor*, e se foi.

O menino voltou ao quintal, deu o envelope à mãe, que deixou as roupas de lado e o abriu. Os lábios tremeram, uma sombra atravessou seus olhos. *O que foi, mãe?*, ele perguntou. *Nada*, ela respondeu e voltou à sua tarefa; mas ele sabia que agora, ali, havia uma dor. O dia não era mais o mesmo dia. O mundo, de repente, de outro jeito. A mãe recolheu do varal uma calça do pai, uma camisa, outra calça — era o simples ato de pressionar o prendedor e puxar a roupa como noutras tardes, mas dessa vez ele podia perceber uma tensão nos dedos dela. Aprendera a captar essas mudanças, só não sabia como agir depois que ocorriam.

Então, sem poder alterar a ordem das coisas, ele e a mãe ficaram no quintal, cada um, ainda que próximo ao outro, a zelar pela sua existência — e sendo ele um menino, só lhe restava voltar a seu passatempo, mesmo sentindo que tudo, agora, era mais forte: o sol acima de sua cabeça; o silêncio, aéreo, ao redor.

A mãe levou as roupas para dentro de casa. Ele permaneceu no quintal — e nos ladrilhos de um espaço imaginário —, a se esquecer uns minutos dela, num leve alheamento debaixo das nuvens. Mas logo sentiu sede e correu à cozinha.

Lá, a realidade o esperava. A mãe, sentada num banquinho, cabeça entre as mãos, chorava. Ao vê-lo, secou os olhos às pressas e disfarçou, *Acho que estou ficando gripada.* Levantou-se e, indo para a sala, disse, *Não fica muito no sol, está quente demais...* Ele abriu a torneira do filtro e observou o jato de água encher o copo. Bebeu devagar, dessa vez, como a vida. Não se sentia água, capaz de se amoldar às coisas. O mundo em ação, o tempo todo. E ele imóvel, sofrendo pela mãe.

O que estava acontecendo? Não sabia. Paralisara tudo em sua mente. Só para pensar nela. A verdade dentro do envelope branco. Queria ajudá-la. E foi atrás dela, sem nada, sem uma solução, temendo agredi-la com a sua presença. No sofá, braços encolhidos, ela mirava o céu — azul e indiferente — além da janela. O menino sentou-se ao seu lado, deitou a cabeça em seu colo. Era daquilo, talvez, que ela precisava. Um afago. Mas ela era a mãe e, acostumada a se dar, começou a acariciar os cabelos do filho. Ele fechou os olhos. Pensou em lhe contar algo, para distraí-la. Mas qualquer palavra diria menos do que ele sentia. Pôs-se, então, a monitorar a respiração dela, o sobe e desce de seu ventre. Mãe. Abriu os olhos: ela sorria.

Aquele sorriso era uma traição. No fundo, a mãe não queria sorrir; escura, fazia-se água clara só para acalmá-lo. Do seu jeito enevoado de ver, o menino entendia o que ela dizia com os dedos, mais para si própria do que para ele, *Não se preocupe, tudo vai se resolver*, e, já que era assim, perdoou-a, abrindo também um sorriso — embora contido.

Permaneceram ali algum tempo, somente os dois, descuidados do destino, à espera de que um fato, entre tantos, se desprendesse do novelo das possibilidades e os movesse. A mãe perguntou, *Está tudo bem, querido?*, como se fosse ele quem estivesse angustiado; *Está*, respondeu com a cabeça.

Aquele momento de calmaria se quebrou logo, como uma onda, a mãe erguendo-o suavemente disse, *Vou fechar as janelas*, e se levantou, deixando-o no sofá, as pernas esticadas, *Ninguém aguenta os pernilongos depois...* Com as pálpebras coladas, ele seguia os sons dela pela casa: os passos nos quartos, o estalido das travas nas janelas, as argolas das cortinas correndo nos trilhos. Depois, o silêncio espesso. Por um instante, o menino a perdeu, como se, de repente, a mãe tivesse desaparecido. Mas um suspiro quase inaudível veio do corredor — e ele a recuperou.

A tarde se esvaía. Até mesmo dentro de si, ele percebia a iminência do escuro, a noite que chegava, lenta e pontual. Continuou de olhos fechados, com o seu conhecimento. Os ouvidos em alerta. O chiado do chuveiro, a água escorrendo rumo ao ralo. Sentia uma sonolência prazerosa — e a ela se entregou, plenamente, como se quisesse, assim, secar as suas suspeitas.

Quando acordou, a mãe estava na cozinha. Nem precisou lembrá-lo da hora do banho. Ele foi por si. Lavou-se demoradamente. Voltou à sala, recendendo a sabonete, os cabelos úmidos; o pijama de verão. Ligou a TV e ficou a zapear, até sintonizar na *A pantera cor-de-rosa*. Obrigou-se a prestar atenção, poupando-se de pensar nas coisas pesadas; a vida, ali, àquela hora, era um rascunho à espera de algo maior, como se houvesse um tempo por vir em que ela pudesse, face a face, lhe dizer, *Agora, é pra valer!*. Mas a penumbra crescia na sala e ele viu, sobre a TV, o envelope branco. Reentristeceu.

Foi à cozinha ver o que a mãe fazia. Colocava as panelas sobre o fogão para esquentar a comida quando o pai chegasse. O menino foi à porta dos fundos espiar o mundo dos outros, para além do muro.

E, como se iniciando uma conversa, a vida retornasse ao seu normal, a mãe perguntou, *Lavou bem os cabelos?*, e ele, *Lavei*, e, ela, *Lavou, mas não penteou*, e sorriu, *O que você está vendo na TV?*; *A pantera cor-de-rosa*; *Está no intervalo?*; *Está*; *Você gosta da Pantera, não é?*; *Gosto*. A mãe, sentindo-o distante, continuou: *O que foi, filho? Está com fome?*; *Um pouco*; *Seu pai logo chega!*, e mal pronunciou essa frase, eis que ouviram o barulho do portão e, em seguida, o pai entrou em casa.

O menino foi ao encontro do pai para confirmar, com todos os seus sentidos, se era ele mesmo. Se por um lado o tranquilizou receber um abraço, *Oi, filho, tudo bem?*, por outro, aumentou a sua aflição — o pai foi à cozinha falar com a mãe, não ia demorar para o assunto vir à tona. Era melhor que os fatos se mostrassem logo, na sua inteireza. O menino não podia ser feliz enquanto nele continuasse, tão forte, a desconfiança. Ele precisava da verdade.

Sentou-se no sofá, diante da TV. O pai e a mãe trocaram umas palavras previsíveis. Ele não ligava para a Pantera Cor-de-Rosa, os ouvidos colados na conversa dos dois, em busca de algum sentido novo, como se houvesse — agarrada às palavras — uma chave com a qual pudesse abrir a sua percepção e compreender tudo, sem que precisassem mentir.

A mãe sussurrou algo e o silêncio ecoou. O pai voltou à sala e apanhou o envelope branco sobre a TV. O menino se moveu no sofá, fingindo interesse pelo desenho animado. A conversa recomeçou na cozinha. As vozes se alternaram, mais altas. Ele não conseguiu decifrar nada do que diziam, pareciam espadas rilhando uma na outra, ora a da mãe, ora a do pai. Depois, escutou umas palavras novas, "prestação", "financiamento", "hipoteca", em meio a outras conhecidas, mas ditas num tom que ele nunca ouvira, carregadas de maior poder. O volume das vozes subiu mais. E, de repente, já não se revezavam, sobrepunham-se em luta franca, essa tentando calar aquela, ambas se encorpando, rumo a gritos.

O menino saltou do sofá, abriu a porta da casa, foi lá fora. A Lua crescente. As luzes acesas da cidade. Um carro passou ao longe. E ele ficou ali por um tempo: fixo e decorativo, só sentindo a sua vida, incapaz de mudar a si e o seu redor.

Voltou à sala e, daí em diante, o que se lembrava eram apenas cenas em *sfumato*. O pai e mãe à mesa do jantar: ele, cabeça baixa, movendo a comida no prato de lá para cá, a postura de um derrotado; ela comendo sem fome, igualmente sem vitória nas mãos. Depois, o pai fazia contas na calculadora, a mãe lavava a louça na pia.

O menino capturava a vida em hora instável. Foi dormir. No quarto quente, só sombras. Sob a porta, podia ver a fita de luz que vinha da sala. O sono, sempre tão fácil, não chegava. Rolou na cama, de um lado a outro, por muito, muito tempo. Até que uma névoa negra, pesada, cobriu aquele branco que não saía de seu pensamento.

Vogal

Tia Alda era um mistério para mim, menina tímida, de pouca conversa. Tinha o dom de encantar com as palavras. Qualquer mal-entendido entre os parentes, lá vinha ela, por vontade própria ou convocada com urgência, para colocar as coisas em ordem. Se um conflito avultava, tia Alda o reduzia; se o rio familiar transbordava de intrigas, ela o devolvia à calma de suas nascentes; se o vento da discórdia soprava, ela o recolhia com a agilidade de quem caçava borboletas.

Lembro-me de uma de suas proezas, uma das que mais me impressionaram. Sem sabermos o motivo, uma de nossas vizinhas um dia desentendeu-se com o marido: pegou uma faca de repente e saiu em correria pelo quintal atrás dele, ameaçando matá-lo. Era um caso perigoso porque a mulher usava habilmente facas, facões e machadinhas: degolava frangos para outras donas de casa, matava leitoas e limpava peixes a pedido dos homens do bairro. O marido, en-

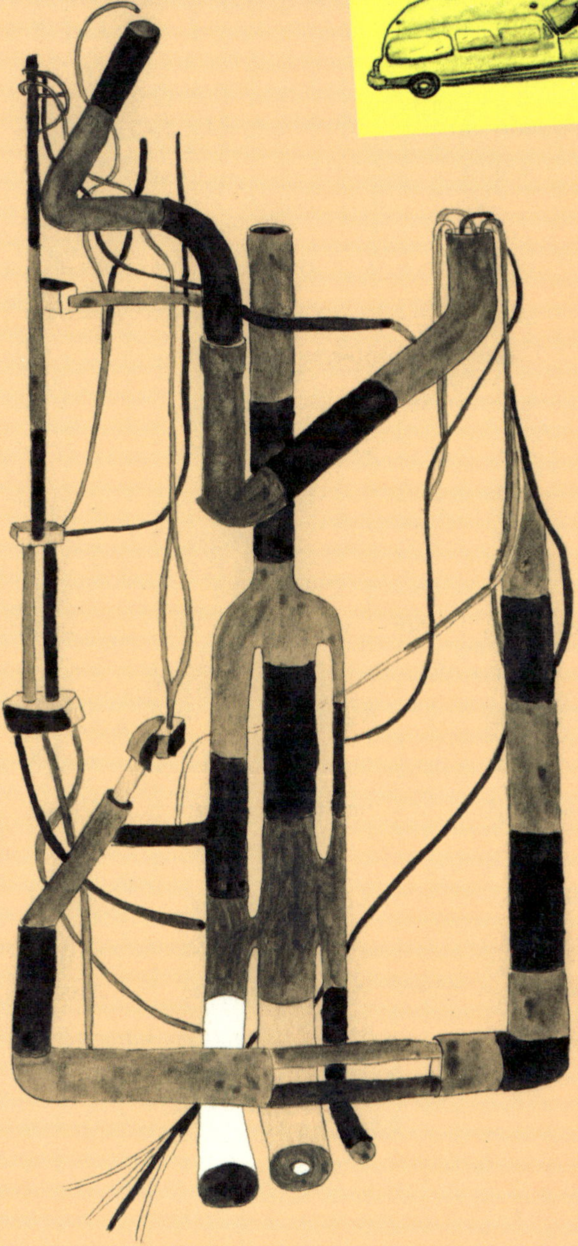

curralado entre o tanque e a jabuticabeira, tentava se safar e suplicava para que ela o poupasse.

Alguém chamou tia Alda às pressas. Eu estava na varanda de casa, apavorada, quando ela voltou da vizinha com a faca na mão, o rosto sereno. Minha mãe, pasma com aquele milagre, perguntou-lhe:

— Deus, como você conseguiu?

— Com paciência! — respondeu tia Alda.

— Sim, mas qual é o segredo?

— O segredo está nas palavras.

Nessa época, eu aprendia a ler e a escrever e me peguei imaginando quais palavras ela usara para desarmar a vizinha e conseguir a sua rendição.

Então, uma tarde na escola, depois de soar a campainha anunciando o fim das aulas, demorei para sair e, ao fazê-lo, umas meninas pararam no portão e me impediram a passagem. Pedi educadamente que me deixassem passar. Negaram-se. E, como tentei escapar à força, empurraram-me de lá para cá, beliscaram-me e só não me bateram porque um inspetor viu a provocação e veio em meu socorro. Cheguei arrasada em casa, as marcas de arranhões nos braços, os olhos vermelhos. De nada valeu minha mãe tentar me extrair a verdade, eu me recolhera num mutismo de aço. Aborrecida com minha teimosia, telefonou para a irmã, pedindo-lhe que viesse falar comigo.

Pouco depois, ouvi tia Alda bater à porta de meu quarto.

— Posso entrar? — perguntou.

Já que eu não respondia nem sim nem não, ela girou a maçaneta, entrou, mansamente, e se sentou ao pé da cama. Não disse nada e se manteve assim um tempão. Em vez de me sentir acuada, animei-me a falar e pensei que seu segredo não estava nas palavras, mas em seu silêncio. Contei-lhe, então, aos pedaços, o que me sucedera. Ao relembrar a humilhação de que fora vítima, voltei a soluçar. Por que as meninas tinham feito aquilo comigo?

Depois de meu desabafo, ela se levantou; vendo minha mochila escolar, pegou um caderno e o folheou por longo tempo, como se não encontrasse o que me dizer. Seria a primeira derrota dela e me senti duplamente triste em imaginar que meu ídolo cairia diante de meus pés. Mas, de repente, ela fechou o caderno, suspirou e perguntou se eu sabia a diferença entre vogais e consoantes, o que me decepcionou ainda mais;

eu precisava da ajuda dela e desejava experimentar plenamente em mim o seu milagre.

Virei o rosto e me recusei a responder, não queria falar de nada que lembrasse a escola onde eu, havia pouco, provara aquela lição dolorosa. Aí ela disse que o mundo era como o alfabeto, feito de vogais e consoantes. As vogais eram sons que nasciam quando o ar saía livremente pela nossa boca. As consoantes não: os lábios, os dentes, a língua e o palato criavam obstáculos à passagem do ar quando a gente as pronunciava.

Eu era uma vogal e tentara passar livremente pelo portão, mas as meninas, consoantes, haviam me impedido. E se existissem apenas vogais, ou só consoantes, o mundo teria de ser escrito de outra maneira; o bonito era que podíamos fazer inúmeras combinações.

Conforme tia Alda falava, comecei a pensar nas pessoas que eu conhecia, a comparar uma das garotas balofas com a letra B, o inspetor alto e magro que me socorrera com a letra I, a minha rechonchuda prima com a letra O, e, assim, fui me alegrando a cada vez que encontrava no alfabeto uma vogal ou consoante que lembrava algum conhecido.

Agora, tantos anos depois, recebo por telefone a notícia de que ela morreu. Ao saber pela voz de minha mãe as circunstâncias, estremeço com a escrita do destino, ou do acaso, se é que ambos não são faces da mesma moeda: tia Alda fora ao banco pagar uma conta, quando três assaltantes, entre eles uma mulher, renderam os seguranças e exigiram o dinheiro do cofre. *A polícia cercou o banco*, os ladrões fizeram de clientes e funcionários seus reféns.

Meu coração se comprimia, enquanto ela me contava os detalhes: o tempo passara e as negociações não evoluíam. Então, os assaltantes ameaçaram matar uma pessoa a cada meia hora, se não lhes facilitassem a fuga. Depois de uma hora, soaram dois estampidos; *Era só pra assustar*, minha mãe disse, chorando, ninguém tinha se ferido, como se soube mais tarde.

Mas aí, quando os policiais invadiam o banco para libertar os reféns, tia Alda surgiu à porta com umas armas nas mãos. *Tinha convencido os assaltantes a se entregarem, filha!* Só que os policiais a confundiram com a cúmplice dos ladrões. Não sabiam o que eu descobri, naquela tarde, com as suas palavras: que ela era uma vogal. Ela estava ali para lhes abrir a passagem.

Chave

A mãe, a mãe rebentava, uma grandeza aquilo que ela sentia, a felicidade com a casa nova, dava pra gente ver, qualquer um, até mesmo eu que era o caçula, eu que nada sabia de mudanças, que na pele de uma já se adere outra, a mudança boa trazendo a outra no seu bojo, a verdadeira, eu só vivia o tempo de abrir, eu ignorava que as chaves são feitas, antes de tudo, pra fechar. Sim, a mãe falava pouco, só o suficiente, mas, naquele agora, ela tagarelava de lá pra cá, botando as coisas no lugar, ela no comando, suavemente, a gente nem percebia, num instante já estávamos fazendo, felizes, as tarefas que ela pedia: Mateus, em pé, no último degrau da escadinha, ajudava o pai a instalar o lustre no teto da sala; Madalena lavava os pratos e cantava aquelas músicas românticas; e eu, eu carregava umas caixas de roupa — e era aquele vaivém da família entre os quartos e a cozinha, a cozinha e o quintal, o quintal e a varanda, a varanda e a sala, a sala e os quartos. A gente

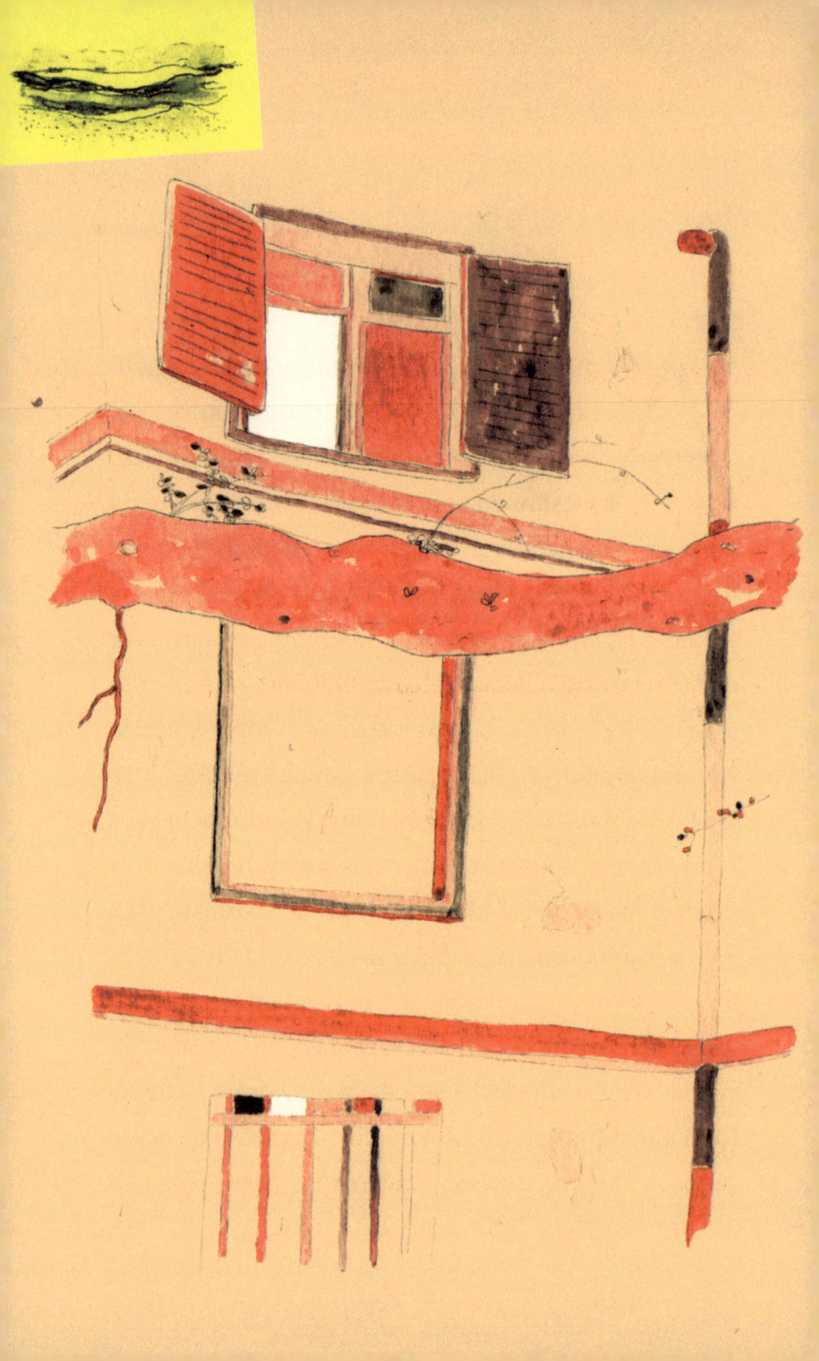

no preparo para a vida nova, porque não era só mudança de casa, mas de olhar, a gente se desestreitava de umas coisas, o mundo mais largo, e, nele, a mãe maior, se espraiando, ela devia saber que aquele seria o seu lugar definitivo, de muitos contentamentos, o seu mirante pra ver as pessoas todas, incluindo a gente, os filhos, vivendo as suas histórias, tudo no seu compasso, antes que cada um tivesse de atravessar seu tempo de dissolução. Não era uma casa tão maior que a anterior, não, mas tinha a varanda, o quintal, era mais o lado de fora que alegrava a mãe, ela nunca pedia nada ao pai, nem a nós, senão o que a vida demandava no seu natural, a nos exigir umas aprendizagens, e seria lá na varanda que ela sentaria na cadeira de vime, à direita do pai, aos sábados, depois do almoço, pra descansar uns minutos, o sorriso se abrindo, vagaroso, como se quisesse deslizar por todo o seu corpo, e ali, sem que percebêssemos, ela vigiava a nossa alegria, a minha e a de Mateus, nós dois jogando bola com cuidado, pra não machucar as roseiras dela, e, entre um drible e outro, eu via o pai cochilando e a mãe lá, quieta, as mãos sobre as coxas, os olhos fechados, e aquela certeza de sua presença, sólida, abria em mim, como um zíper, o desejo grande de que ela sempre estivesse ali, daquele jeito, pertinho de nós, pronta para um abraço, uma palavra macia, e tudo que eu queria era que a tarde demorasse, que a mãe se divertisse com alguma estripulia minha e o pai roncasse pra gente rir às escondidas, que Madalena cantasse, desafinada, no banheiro, pra zombarmos dela, porque eu, no fundo, eu começava a compreender que nada era sempre a mesma coisa, que as mudanças eram a força motriz do mundo; um dia estávamos na velha casa e, de repente, nessa outra, nova e mais espaçosa, o tempo, a gente não percebe o tempo indo, senão quando ele já se foi, quando se misturou às águas de outro tempo que vem vindo, esse também deslizando no seu seguinte, líquido que se milparte e, depois, se junta, como uma gota de mercúrio, a gente misturando o que fomos ao que seremos. E tinha o quintal, onde o pai guardava num rancho as suas ferramentas, a minha bicicleta, e onde a mãe botava, sobre as cadeiras, os nossos travesseiros ao sol, pra arejar os sonhos que neles tinham se infiltrado à noite, ou pra secar os maus presságios que, às vezes, ensopavam um de nós, a mim, especialmente, sempre aflito, se dormisse depois de Mateus — eu precisava dele, na parte de baixo do beliche, zelando pelo meu sono. O quintal, que não havia na outra casa — onde Madalena agora brincava com a Pandora, a cachorra que ela ganhara da vizinha, e pra quem o pai logo fez uma casinha de madeira, sim, com aquele quintal até bicho agora a gente podia ter —, era lá que eu passava as tardes, sentado entre os galhos da mangueira, mirando as outras casas, onde outros pais e mães e irmãos e cachorros misturavam suas horas boas e más, vivendo uns fatos mínimos, que depois esqueceriam ou se tornariam pedaços de conversa, flashes retocados pelo ácido da memória, e, às vezes, eu me via no rancho, ajudando a mãe a pendurar as roupas, o cheiro de amaciante nos seus vestidos, nas calças do pai, no meu uniforme escolar, e ela era tão cuidadosa, seus gestos delicados, parecia que estava acima das coisas comuns, vendo uma grandeza na geometria das toalhas e dos lençóis que, com esmero, suas mãos espalhavam no varal, a mãe não fazia nada por fazer, as tarefas não eram obrigações, mas um jeito de abrir e atravessar o dia, o mundo sem fecho, e a vida — a vida, uma entrega ao que se faz. Eu adorava ajudá-la naquelas providências miúdas do cotidiano, levar o saco de lixo até a rua, enxugar a louça e os talheres que ela lavava com sabão de coco, enquanto no forno assava o frango, ou o pão de queijo, eu tocando, às vezes, sem querer, em seu ombro, estorvando o seu ir e vir pela cozinha, e ela, sem reclamar, a mãe sorria, ela estava feliz, apesar das dívidas — eu a ouvia sussurrar com o pai sobre o dinheiro contado, a prestação da casa em atraso —, nós ali, sendo só o que éramos, uma mãe e seu filho no meio de um dia, sem dados pessoais, sem necessidade de nome, os dois se oferecendo ao instante, à esperança de esticá-lo como um elástico, ou de alargar o sentimento que experimentávamos, um minuto apenas, aglutinado ao outro. Era um viver pequeno, para nós dois, tão iguais, o pai às vezes dizia que eu era a versão mirim dela, e Mateus, ciumento, reclamava que ela me protegia — era eu quem a protegia no meu coração —, e Madalena lhe dava umas respostas pontiagudas, que a mãe não merecia, e, se estivesse zangada com ela, me tratava do mesmo jeito, usando seu sorriso de ironia e suas palavras venais, *O caçulinha da mamãe, vê se cresce!*, sem saudades de me ajudar nas lições de casa, nem de assistir comigo à novela das oito, ou me pedir opinião sobre a sua roupa,

Tá combinando?, ou sobre o seu penteado, *Tá bonito?*, para logo em seguida se desculpar, não com palavras, só com seus olhos, da mesma cor que os da mãe — o azul atravessando gerações até chegar às duas. E, então, depois de uns dias de caos, caixas e caixas espalhadas pela casa, ninguém sabia onde uns objetos tinham ido parar — alguns se perderam para sempre, outros reapareceram de repente —, as coisas na nova casa foram ganhando seu lugar definitivo, assim também se dá com as pessoas em nós, cada uma no seu canto, obediente, mesmo se o espaço não coincidisse com o que mereciam, a mãe sempre dizendo pra cuidarmos do importante, e tudo, aos poucos, se ajeitou, a gente cabendo no nosso sonho, adaptados, redimidos, sabendo que ninguém tem o segredo, que ninguém pode viver duas vezes na mesma pele. Roupas nas gavetas, panelas nos armários, espelhos nos banheiros, e só o mundo se debatendo, enlouquecido, no fundo de nós, pronto pra nos impulsionar a lutas menores — a maior, sempre a da gente com a gente —, e aí as primeiras visitas chegando, a mãe já a coar o café, ávidas para (as ciumentas) descobrir defeitos nas paredes, no teto, nos azulejos fora de moda da cozinha (que o pai prometeu trocar), ou para minimizá-los (as compassivas), *Devagar vocês vão reformando*, todas fiéis à sua-nossa condição, e a mãe quase nem se lembrava de guiá-las — como fazem as donas de casa nova, mais ocupadas com a sua aparência do que com o seu miolo —, mostrando os cômodos, o quintal, a varanda, ela sabia que o sentimento por aquelas paredes era apenas seu, a mãe, com a sua conversa emoliente, entrava nas pessoas, igual a elas na casa, e ia, contente, encontrando as portas destravadas, ou abrindo-as com paciência, a mãe pedia conselhos às visitas, quando elas é que deveriam receber os seus, e se mantinha abraçada ao silêncio, ouvindo-as atentamente, a mãe respeitava todo mundo, até nós, seus filhos pequenos, como se pudesse aprender algo conosco, ela era uma raiz que não se escondia, emergira da terra e deslizava a céu aberto. E aí, claro, fomos nos habituando àquele novo espaço que nos impunha outras medidas, os dias vindo, como ovos, frágeis e misteriosos, e, ao quebrá-los, com a fome de provar a sua gema, fomos descobrindo, às vezes interessados, às vezes indiferentes, os vizinhos e a dinâmica de suas vidas, tanto quanto eles a nossa, e, assim, íamos nos aceitando, o pai já amigo do dono do sobradinho da esquina, Madalena no flerte com o filho dele, eu e Mateus jogando bola com os meninos da casa da frente, a mãe a circular à vontade entre as mulheres, como se as conhecesse desde sempre, e, na ordem normal das coisas, a mistura das águas ia se dando, tranquila, o convite para um almoço no sobradinho, para ver o último capítulo da novela na TV em cores da vizinha, a festa de aniversário da mãe, a varanda e o quintal se enchendo de desconhecidos, que no avançar das horas se tornavam familiares, a gente querendo se dar ao instante plenamente, ainda que pouco dele, só resíduo, fosse restar depois na lembrança. E, quando percebemos, estávamos ali já havia alguns meses, e tudo ia bem — tudo ia bem, até que a mãe passou mal uma tarde e logo atrás veio a notícia. Foi aí que eu me dei conta, foi aí que eu entendi que, naquele dia, no instante em que a mãe, com a chave na mão, a alegria nela dos pés à cabeça, no instante em que abria a porta da casa, justo naquele instante, ela estava se fechando para a nova vida.

Herança

Havia um homem. Sua mulher, as meninas. E, um dia, em seu trabalho de sempre, deu-se a notícia: ele chefiaria, por mais de um ano, a equipe numa outra cidade, longe, longe...

E lá estavam no aeroporto, de partida, sob o trovejar dos aviões, ele e os empregados, no burburinho da expectativa. As famílias se dispersavam nos corredores, hora de alargamentos. Sorria-se, chorava-se, todos presos à raridade do momento — e tão mal aparelhados para vivê-lo!

Ao homem, o desafio inesperado. Podia ter dito, *Não*; mas era uma renda boa, para o futuro das meninas, um melhoramento na casa, os brincos que a mulher merecia. Nem partira e o coração já pedia o regresso, o voo pleno só com elas, companheira e filhas. A mulher nada dizia, seus olhos vermelhos já o haviam dito; as meninas davam adeus a ele; a maior, fingindo-se de forte, *Tchau, pai*; a menor, *Tchau, papai*, agar-

rava-se ao seu pescoço, *Volta logo!*; e a ele ocorriam somente as óbvias palavras, *Obedeçam a sua mãe*, as outras, singulares, não as encontrava, nem precisava, aquele aumento de alma era só para ser sentido.

De repente, às alturas, o azul macio acolhendo seu olhar. A claridade excessiva. Era dolorido aquele ir, a movediça solidão. Mas, aos poucos, o mundo se recompunha. O que vinha — ele via pela janela — era também a vida, na sua variedade: a terra ondulante em meio ao esgarçado das nuvens, com seus quadros de verde, o colear de um rio, um ajuntamento de casas, as paisagens se fazendo à sua vista — e, ali, mais à frente, de novo o verde dos campos, as cidades abertas aos ares, tudo tão quente na memória, entranhando-se.

Ele encolhido e o silêncio como brisa deslizando em seu rosto, enquanto lá fora as turbinas do avião rugiam. Engendrava na imaginação as coisas vindouras, que chegasse logo a manhã para iniciar a empreitada. Entre o fechar-abrir dos olhos as roças amarelas lá embaixo, os dentes sadios da filha maior, os bois minúsculos espetados nos campos, o sorriso da caçula, as grandes montanhas encolhidas, os óculos escuros da mulher, o sol a se derramar no horizonte — os bens coletivos, e os dele, pessoais, se alternando no esfumaçado ver.

Então uns cochilos, o serviço de bordo, a revista para se distrair; e, quando menos deu por si, a chegada. *Mas já?*

Um salto e logo a noite na cidade estranha, a avenida lagunar de veículos, os prédios no escuro, o hotel desperto, de renovados hóspedes, de entra-e-sai, o seu vulto no quarto, o luminoso num acende-apaga, o sonho do dia seguinte.

E eis o dia seguinte, estalando de novo, o sol em sua hora suave, os empregados à espera das ordens, *Vamos começar.*

O homem diante das contrariedades: o terreno mal preparado, nada de nada à sua mão, o alvoroço na obra pelos desentendimentos, tudo novo — a começar pelo ar raro, difícil de sorver —, ele e os demais, desenraizados. Mas os minutos pingavam sem que se percebesse o rio que formariam ao fim do dia, quando chegavam à sua foz — e tudo o que haviam vivido estaria ali, minuto concentrado na lembrança. E, na lembrança, fluíam as palavras, *Mais pra direita, Tragam a betoneira, Cuidado,* e o que delas resultava: o mínimo progresso.

Era o que tinham. E iam tendo mais, a cada dia, até a manhã em que caminharam, surpresos, sobre os alicerces, a obra como uma criança a se erguer. A construção saltava do desenho para o espaço da verdade, pequena ainda, mas prometendo vastidão, e o homem na gerência dos problemas, os esperados, os imprevistos. Não estava pronto para o mundo que participava dele, obrigatório, além de sua missão: os funcionários reclamavam; faltavam capacetes adequados, conforto, comida boa. Vinham à sua porta desfiar as mazelas: *Estrepei o pé num ferro*; *Sumiu dinheiro da minha carteira*; *Estão desperdiçando argamassa...*

E ele, de nervos justos, sem milagres de pães ou de peixes para oferecer aos companheiros.

Valia o sacrifício? Não valia.

A família soterrada na memória. Recuperava-a, ao telefone: a mulher, *Estamos com saudades*; as meninas, a maior, *Oi, pai*; a menor, *Oi, papai, quando você volta?*.

E então, valia!

Assim ele seguiu — e também seus subordinados — em espremidos sofrimentos, em horas calmas que se esticavam como elásticos. As nuvens se moviam tão lentas, nem se percebia as suas novas configurações.

Sob o sol, no canteiro da obra, em contínuo movimento, a orquestração, *Essa viga pra lá; Falta cal aqui; Está no prumo?*.

E os dias se iam, quase sem se ver os avanços; mas estes se fazendo até serem vistos, de longe: a construção.

As agruras aguardavam à porta para entrar. E entraram. Primeiro a chuva, desenglobada dos céus, espalhando estragos. O grupo inteiro diante das paredes desfeitas, sem poder refazê-las. Depois, o desassossego de todos, em uníssono. E os contratempos vindo nas notícias: a caçula pegara catapora, andava chorosa, aulas perdidas, chamando por ele. A maior estava indo mal nas provas, o que era estranho, ela tão estudiosa; *Está crescendo*, a mulher sussurrara ao telefone, devia ser a idade, a ebulição dos hormônios.

A chuva, numa hora amainava; noutra, recrudescia, encharcando os desejos. O dia seco de contentamentos. À noite, telefonava para casa; a mulher, *Tudo bem, ela tá melhor agora*, e ele, esforçando-se para lhe extrair os detalhes, e a mulher, para escondê-los, dizia só o mínimo: *Vou passar o telefone pra ela*, e a voz triste da menor, *Tô cansada de ficar na cama, papai!*; e ele, *Aguenta mais um pouco; Você vai me trazer um brinquedo?; Vou, o que você quer?* E depois a maior, com medo de ser repreendida, *Oi, pai!*, mas ele, desarmado, só pedindo, *Ajude sua mãe*; e ela, *Estou ajudando*. Ao final das ligações, ele sufocado por aquele sentimento, de querê-las, ali da distância, mais do que junto delas, no frente a frente. E a promessa, para si mesmo, de dizer a cada uma, dali em diante, o que sentia, a sua verdade, na hora em que a vivesse.

Ficou naquele seu jeito: amargo com o céu, que só vertia chuva, impedindo o retorno às obras.

E, então, deu-se a estiagem. O sol que antes sufocava, agora era bem-vindo. Os trabalhadores em um contagioso reânimo, *Já dá pra recomeçar! Vamos, vamos!*, e todos indo. A construção a se reconstruir.

O homem se recolhia no quarto, o telefone trazendo a família de volta. Mais atento com a menor, *Ela está bem?*, e a mulher, *Ainda não sarou, mas melhorou*, e a maior?, *Está estudando pra recuperação*; as meias respostas, a mulher tão frágil, e ele, *Logo eu volto, é questão de dias*, o triste de estar ausente quando ela mais precisava.

A obra se abria, pelo empenho dos trabalhadores. O edifício se arvorava mais e mais, multiplicando-

-se em paredes, agigantando-se e, de súbito, a vez do acabamento. A última demão!

Veio o foguetório de inauguração, veio o presidente da companhia, para o discurso, para o prêmio — a remuneração prometida, e paga, ali mesmo, para que pudessem gastá-la. E aí o homem foi às compras, em busca de lembranças para a família.

No dia seguinte, as etapas ao avesso: malas fechadas, chaves entregues, o hotel para trás, à frente a avenida lagunar ensolarada de automóveis, o aeroporto, a última chamada para o embarque. O homem de novo à janela, despegando-se da terra. As velocidades em desacordo. A do pensamento, ele já com mulher e filhas, nos abraços e constrangimentos. A do avião, na sua rapidez enganosa; ele a ver tudo devagarzinho, passando lá embaixo. A chegada demorando. *Ainda não?*

O pouso na pista. O coração a se debater no peito. Os empregados, ante a esteira giratória, à espera das malas, maior a bagagem dentro deles, já sem nuvens nos olhos. Procuravam os parentes, na força desse retorno, enquanto passavam pelo portão, desembarcados — nova hora de alargamentos. Uns sorrisos de cumplicidade, abraços e beijos efusivos na imaginação mais do que em presença. A vida, à margem, agora retomada...

E o homem, o mesmo, o de sempre, como se possível... A mulher e as filhas, os gestos contidos no início, e, aos poucos, a expansão. Como se em redescoberta, precisavam acomodar os sentimentos, cortar suas pontas, para o encaixe. Mediam-se em excessos, no cimentado instante, a se reconhecerem, lentamente.

Quando deu por si, o homem estava em casa. Abriu a mala. *Venham*, disse, *Eu trouxe presentes...* E, a cada uma, distribuiu a súbita alegria. A mulher e as filhas, no seu entorno, rasgavam euforicamente os papéis de embrulho. Ele as sobrevoou, no acelerado do olhar, com as lembranças nas mãos. O seu legado estava todo ali, naquele momento que usufruía junto delas.

ESTA OBRA FOI COMPOSTA POR ALCEU CHIESORIN NUNES EM MINION PRO E IMPRESSA EM OFSETE PELA GEOGRÁFICA SOBRE PAPEL PÓLEN DA SUZANO S.A. PARA A EDITORA SCHWARCZ EM JANEIRO DE 2026

FSC
www.fsc.org
MISTO
Papel | Apoiando o manejo florestal responsável
FSC® C019498

A marca FSC® é a garantia de que a madeira utilizada na fabricação do papel deste livro provém de florestas que foram gerenciadas de maneira ambientalmente correta, socialmente justa e economicamente viável, além de outras fontes de origem controlada.